中公文庫

マレー蘭印紀行

金子光晴

中央公論新社

目　次

マレー蘭印紀行

センブロン河

センブロン河

川は、森林の脚をくぐって流れる。……泥と、水底《みなぞこ》で朽ちた木の葉の灰汁《あく》をふくんで粘土色にふくらんだ水が、気のつかぬくらいしずかにうごいている。

ニッパ――水生の椰子――の葉を枯らして屋根に葺《ふ》いたカンポン（部落）が、その水の上にたくさんな杭を涵《ひた》して、ひょろついている。板橋を架けわたして、川のなかまでのり出しているのは、舟つき場の亭《ちん》か、厠か。厠の床下へ、綱のついたバケツがするすると下ってゆき、川水を汲みあげる。水浴《マンデ》をつかっているらしい。底がぬけたようにその水が、川水のおもてにこぼれる。時には、糞尿がきらめいて落ちる。

杭には、まる木舟が繋がれ、椰子《カラツパ》の実や鱠籠を市へ出す積荷の舟の足がかりとなる。集散地バトパハから、裳《サロン》＊1の布地、装身具、石鹼や懐中電燈、ゴム園の旦那《トワン》たちに入用な味噌醬油、日本酒、麦酒《ビール》などの上荷の舟も、千本杭に横づけになる。

部落は、川水に身を乗り出し、旅のことや娘たちのこと、夜遊びやどんげん踊＊2のこと、新柄《しんがら》の裳《サロン》のこと等をおもいふけっている男にも似、両ひじを立て頰杖突いて、うっとりとはるかを眺めやる。その部落を川上へ遡《さかのぼ》れば、パレラハである。ジョラである。トンカン・ペチャである。ビルンである。パンチョルである。大和ゴム園の所在ヤマト、パンヤニ、スリガデン、左へのぼれば盛時バトパハをしのいでいたと云うヨンピンに通じ、右は三五公司ゴム第一園のあるセンブロンを経てアエル・イタムにのぼるその三つ叉《また》に、スンガイ・ライヤの旧ジョホール護謨《ゴム》園がある。守田、亀川、今沢、鈴木、末藤、奥根、ジョラの原口園……センブロン河に沿うて大小のゴム園が散在している。それらゴム園をめぐって、馬来《マレイ》人、支那人、印度苦力たちが小舎をつくっている。二エーカー、三エーカーの土人園の数は、さらに小さな墨痕飛沫をなしてちらばる。

隣近所のない水辺の森を切りひらいて、支那人のサゴ＊3ひき小舎が立っている。

泉源桑梓大本地。
協興異域旅僑居。

一聯両行の紅唐紙の字が、小舎の入口の柱に、雨露にさらされたまゝ貼ってある。支那人たちは、水亭の部落で米粉《ミーフン》を油炒りし、日用雑貨をあきない、珈琲店《カッピー》をひらき、白いぶかぶかしたももひきのなかへ、馬来の小銭を悉く皆おとし込む。彼らは、はるばる広州から、または福州から、瀛州から、この密林のおくまで金銭を搾出しにきた。彼らは、裸で稼ぎ、彼らはすべての慾望をおさえ、貯える。彼らは、どこの土地にも順応し、彼らの新故郷をつくり、もし彼らに足の踵《かゝと》の皮を与うれば、広州大羹をそれでつくることだってできる。華僑――国外に僑居する中華人――は、森から、六つ球の算盤《そろばん》で弾き出す。馬来人たちが猶《なお》、この森のふるい夢や、昔語りにうっとりとして、見ほれ、きゝほれているひまに。

森かげの川のながれは、みどりを冠って、まだ熟れぬピーサン・イジョウ[*4]（青いばなな）のごとく若い。

わが便乗する遡江船[*5]が、機関《エンジン》のひゞきを谺《こだま》させて、あたらしい象牙紙で水を切るように、ふなべりを川上に進める。水は、あおりをうけ、両岸のねじくれたマングローブのあいだや、アダン類をひたした灌木のなかで、猪口をかえすような波を立てる。枝から枝へ、翡翠《かわせみ》が翔《と》ぶ。ものの気配をさとって大蜥蜴《おゝとかげ》の子が、木の根角から、ばさりと水に墜ちる。

下流の感情は低く、落魄であり、上流のなさけはこまやかで、妖女の化粧よりもきれいである。たやすく人の眼にふれることを怖れて、いたずらに明眸皓歯《めいぼうこうし》の女《ひと》のような、きよらかなかなしみに身を澄ませて。

バトパハを出発してパレラハにいたるまでは、両岸はみわたすばかり闊《ひら》け、ニッパ椰子が、巨きな櫂《かい》をおし立ててならぶ。それよりほかになにもない風景である。

十一月、雨季満水のころには、ニッパは水のおもてに、ペン先ぐらいの細葉の突先《とっさき》を立てる。だが、乾季には、恥しいところまでも剝ぎとられ、根まで乾れあがり、ひゞ入った鉛色の泥中にのめずり込んだり、倒れたり……大魚の胴骸《どうがら》に似て半ばそのなかに埋まったりして。ふといやつの根元は肥えふくれて、青磁の大花瓶を抱くようだ。その鋭い葉が、穂先をそろえて二丈あまりも高く天を指さす。とんがりの先にさわって、空がぴくぴく痛がっている。葉先がかすかにぱらぱらと言いだしてみたり、あるいは、並んでいる葉のあいだへ、光線の面と、角度とを異にした他の葉の列が影をうつし、重なりあい、また、弾きあうように互にゆずり合う。空は、軍艦の腹のように灼けて、燻《くす》ぶってそばへ寄りつくこともできないくらい、暑苦しい曇天であった。

その空のしたで、植物どもは、一属、一群かたまって互に進撃し、乗越え、蔓延《はびこ》っていた。マングローブの枝を垂らしている近辺には、蘆竹の姿はなかったし、ニッパ椰子の領域にはまだ、「猿喰わず」のたぐいは繁りあっていなかった。

油虫のからだのようになめっこいオイル椰子、精悍で、くろぐろとしたサゴ椰子のむらがるあたりには村落があり、二つ、三つの木の風見がくるくると廻っている。えび色の亜鉛屋根でアラビア風の円屋根を真似た回教礼拝堂が、ゴムの林のあいだにみえかくれする。

さかのぼりゆくに従って、水は腥《なまぐさ》さをあたりに発散する。

森の樹木のさかんな精力は、私の肺や、そのほかの内臓のふかいすみずみまで、ひやっこい、青い辛味になって、あおりこまれる。

アエル・イタム——馬来語で黒い水という意味で、上流の水が灰汁のために黒くなっているところから名称《なづ》けられた地名である——までさかのぼってみれば、森はまだ、太古のまゝで、野獣どものたまらない臭《くさ》さをはこんで彷徨《さまよ》うている。疥癬で赤裸になった野猪、虎、眼ばかり光る黒豹、鰐や川蛇……、針鼠、うそぶくコブラ、梢をぬってとぶ飛蜥蜴、鶏をのみにカンポンを襲う巨蟒《にしきへび》、一歩、森のはずれに歩を踏み入れるならば、そこには、怖るべき黒水病[*6]の媒介者の悪性なマラリア蚊「アナフレス」が棲息しているのである。

気まぐれものは、驟雨である。

うつり気で、ながつゞきしない熱情に似た豪雨が、一気にゆきすぎてしまうと、カンポンの杭のあいだの泥水の跳梁のなかに、太陽がぐりぐり揉みこまれ、光の屑や、どぎつい破片が、泥水のうえにちらばる。

——アイやあ。

苦力どもが大声をあげて叫び、その水の底から太い綱を、四五人がかりで曳いている。すぐそばに、銃をかまえ、水面をねらうヘルメット帽の旦那《トワン》が、轟然一発ぶっ放す。苦力たちは猶、掛声をそろえて怪物を水面から岸の草っ原にひきずりあげる。灰色をした大鼈《すっぽん》で、そのまわりは一メートル半もある。

鉛の湯を浴びたように遠い椰子林が、まっ白になってみえる一方から、五寸ばかりの短かい虹がたって、そのあまりは雷雨を釣ってうごく暗雲の金の笹縁《さゝべり》にかくされている。センブロン河の両岸の森は、世界の嵐など、すこしもしらず眠っている。ゴムは、何万エーカーの森林を征服したが、森の住民や、苦力どもは、ようやく生活の苦惨にあえぎはじめたが、森は、なお、身うごき一つしようとはせぬ。

そして、川は放縦な森のまんなかを貫いて緩慢に流れている。水は、まだ原始の奥からこぼれ出しているのである。それは、濁っている。しかし、それは機械油でもない。ベンジンでもない。洗料でもない。礦毒でもない。それは、森の尿《いばり》である。
水は、歎いてもいない。挽歌を唄ってもいない。それは、ふかい森のおごそかなゆるぎなき秩序でながれうごいているのだ。

（註）1、南洋土人男女共腰に巻く。
2、馬来土人の踊、指先の顫律巧みである。
3、サゴは幹全部に澱粉がつまっているので、土人はこれを食料とする。
4、バナナの一種、青バナナは普通のもの。
5、三五公司のモーター船。
6、キニーネ中毒により発熱し、尿に血をまじえて往々死に至る。

ねこどりの眼

センブロンの三五公司ゴム栽培第一園の日本人クラブに着いた。
雨季のころおいのことで、晴れ間もみせずひえびえとしたゴムの木の沈黙が、クラブのまわりを領したまゝ、その日はくれていって了った。バンガローのテラスの籐椅子に靠《もた》れて話をしていると、家のうちまでつめたい霧がながれこんできた。そのたびに、焔が洋燈《ランプ》のほやのなかで腰を佝《かゞ》め、大きくひらいて、いっぱいに匍《は》った。日本から来た客ときいて、新しいうき世ばなしをきくためにあつまってきた山の人たちは、とりとめない話を黙々としてきいて、夜ふけるまでいて、それぞれの宿舎へかえっていった。床には、白蟻の喰った木屑がこぼれていて、菓子屑のように足のうらにざらざらとふれた。

——ひどい白蟻ですよ。テニスコートにステッキを忘れて、翌朝行ってみると、一晩で苧殻《おがら》のようにかるくなっているんですよ。このクラブの建物だっていつ崩れてくるか。語りつつ彼等の一人が、柱をコッコッと叩いてあるくと、どの柱も、むなしいこころのような音で答えた。

彼等がいってしまってから、クラブの支那人ボーイが、私のベットをつくってくれた。枕元に、豆ランプを点《とも》し、裾の方に蚊遣りを焚いた。浴衣一枚では肌寒いほどであった。ねむりつくまで、もの読む習慣なので私は室のすみにある書棚を物色した。そして、一冊をぬきとったが、みると忌わしや表紙も、本文も、どろどろにくずれていた。となりに並んでいる本をぬきとる。それもおなしだ。隣も、背だけはことこともなげに揃っていながら、かさねたまゝ、そっくり縦に貫いて噛みくずした——それも、白蟻の所業であった。

激しい降雨の音をきいて眼をさましたのは、どうやら真夜なかであった。意識が次第にはっきりしてゆくに従って、ようやくそとの凄まじい豪雨であることに気付いた。テラスに出て打ちながめると、眼前のアタップ葺の先をつたう雨水が、滝のようにひろい幅をつくって、鳴りどよみながら落ちている。雨の騒音のなかで、雨の騒音にうちけされながら、かんだかい声で悲鳴をあげたり、わやわやいってわらいさわいでいるものがある。雨量の増減につれて、あつまってしろじろとなったり、それが細くなったりするのをみるほかには、ゴムの木の密集しているくらやみの奥を凝視しても、見定めるものはなにもなかった。

厠につゞく板廊のあら木の柱に、照返しを背負ったランプが一つ点っていた。その照返しの鉽力《ブリキ》のうえに、けばけばしい花や鳥の絵が印刷してあった。ランプのまえに突き出した横木のうえに、一羽の木菟《みゝずく》がきょとんとした顔つきで鎖につながれて止まっている。ゴム園の人が、どこかから捉えてきたのを、物好きに飼っているのであろうか。みじろぎをするたびに、横木に長すぎるまがり爪をうちあてて、からからといわせる。口笛を吹いていた。すると、木菟は、急にそらぞらしげに思案顔し、眼ばかり大きくみはろうとする。近寄りしさいに注意すると、木菟というものは、顔全体が二つの眼を隈どる外輪に尽きているかとおもえる。二本のつっ立った耳毛、すぼけたからだ。――恐らく、からだ全体が眼の外輪であるのかもしれない。

その眼は、じっとみつめたまゝである。いつまで待っていても、またゝかない瞳。私をみとめているのか。みとめていても、みとめるのを怖れているのか。――人並に、てれくさがっているのだろうか。ひらきっぱなしになって、ふさがない眼。一さいのものが、なにもかも中心の一点に捲きこまれていってしまう白い渦巻のような眼。その底の、乾干《ひからび》たゆきどまりが、底しれぬふかさのはじまりかともおもわれて、ながめているのが一層、気味悪かった。

ようやく衰えゆく豪雨のあとで、自然がみずから味わっているたよりなさがこのころにもしんしんと喰入ってくるようだ。にわかにひっそりと静まりかえった夜の底は、くらい酒甕《さかがめ》の底のように、くろぐろとした地の醱酵のにおいをたてていた。

あくる朝、整頓したゴムの殖林は、青い罫線をひいて、かっきりと晴れあがっていたが、なにぶん、雨季十一月の季節のことである。蒸雲蟠《わだか》まるか。いつ、驟雨がくるか。わかったものではないのである。

アエル・イタムまではゆかなくても、せめて、朝のうちに、くり舟にのってセンブロン河を遡り、山の人たちが「七曲り」というあたりまでいってみたいと思いたった。

現場に出てゆくので、その日出立する私に、もう遇えぬかもしれないといって、別れを惜しみにきてくれる人たちもあった。このセンブロン河で自分で撃《う》って、自分で鞣《なめ》したものといって、一尺ぐらいの小鰐の革を、記念にもってきてくれた人もあった。センブロンの水駅では、私の乗るくり舟の水を、女たちがしきりにかい出していた。山の大工さんが、くり舟の簀《す》の子《こ》のうえに敷く茣蓙《ござ》と、骨のつき出した洋傘、ラムネの壜二本を用意してくれた。桟橋の杭をつたって、私があやうくのりうつると、舟は一すじに辷《すべ》って、ごみと朽木の水をわける。

厠と、乱杭とを、汚水のうえにかきあつめたセンブロンの部落は遠のき、砂糖黍や、パパイヤのあいだに裸の子供たちが立って見送っている。カンポンは過ぎ、朝の洋紅が、口紅ほどに褪《あ》せ、ゆるやかな水のおもてを染め、みわたす限り浸水したゴム林の、浅みどりのかしらを彩るあかるいけしきがうちひらける。

そのゴム林のつきるところから、鉄《かな》けいろにはびこる満水は森を溺らせ、花甘藍《キャリフラワー》かとみえるこんもりと枝葉をひらいた樹々の頭を、細長いくり舟の前とうしろに坐る土人の若者が、かわるがわるその団扇形をした櫂でおしわけ、かきのけてすゝむ。のぼるにしたがって樹叢はますますふかく、繁みはいよいよ密接する。樹木の領が深邃《しんすい》になってゆくに従って、人のたよるもの、人を支えるものが、一つ一つとりのけられ、きり離されてゆくかと思えた。なまぬるく沸騰したラムネを喇叭《らっぱ》のみにする。

乾れきった蘆荻の群が、白い花の房をくっつけて、横っ倒しになっている。一かたまりが、水のなかにそっくりのめりこんで、そこからふたゝび矗々《ちくちく》と起上って、青々とした芽をふいている。舟夫は、必死になってそれを押しやる。

水のとごり、停滞したところには、黒い水が大小の窶《やつ》れた泡をつくり、その泡がどこまでもこわれず一すじの水脈につながれて、流れもやらずにいる。かや釣草が、さかさまに姿をうつしているだけの淋しい水の景色となる。

繁茂と繁茂の岐れるあわいからみえる遠くの山山は、砲弾の一斉射撃をうけたように、霧のなかに、われがちに頭をもぐりこませている。森林をさまようていた驟雨が、いきなり、狭い舟のなかに水浴を齎《もた》らしてきた。舟夫たちは必死になって、舟ぞこにたまる雨水をかい出す。

骨のぶざまな洋傘をひらいたが、持っている手で支えきれないほどの強い雨量であった。

枝から枝をひたし、繁みから繁みの奥へ、めぐりはびこる濁水のありさまは、凄まじいものであった。

朽ちた根や、倒れた幹が、気根や、かずらの類を髯のように垂らして、水からかしらをもたげているありさまは、前世紀の沼沢を偲ばせる。

――この水のなかに、なにがいるか。

たずねると、舟夫は、

――鰐がいたが、いまはいない。

と答えた。

――そのほかには大きな川蛇がいる。尾が鰭《ひれ》になっておよぐ。ゴム林の裾から山へかけて、野猪がいる。旦那がそれを撃ちにゆく。

他の一人が、受けてつけ加えた。

丈にあまる大蕊茹の群の一かたまりになっている蔭から、茅屋根を葺き青竹の手すりを組んで、やわらかい炊煙をあげた下りの丸木舟が現われた。藤紫の被衣《スレンダン》*1、淡いくさ色の上着《カバヤ》*2を着た若い女が、みずから櫂をあやつり、男はあみをつくろうていた。すれちがいざまにこちらの舟の舟夫と、一言二言、声をかけあってゆきすぎた。

迂曲転回してゆく私の舟は、まったく、植物と水との階段をあがって、その世界のはてに没入してゆくのかとあやしまれた。私は舟の簀に仰向けに寝た。さらに抵抗なく、さらにふかく、阿片のように、死のように、未知に吸いこまれてゆく私自らを感じた。そのはてが遂に、一つの点にまで狭まってゆくごとく思われてならなかった。ふと、それは、昨夜の木菟の眼をおもわせた。おもえば、南方の天然は、なべて、ねこどりの眼のごとくまたゝきをしない。そして、その眼は、ひろがって、どこまでも、圧迫してくる。人を深淵に追い込んでくる。たとえ、明るくても、軽くても、ときには洗料のように色鮮やかでも、それは嘘である。みんな、嘘である。

（註）1、馬来爪哇地方の婦人が頭からかぶるうす布。

2、うす布の筒袖のうわ着。男の背広の上着に似て、胸元を釦でとめる。

雷気

土人は、おのれが土で造られたものと信じている。

いわれのない卑下だ。かつて、私のうえにも金銭、あるいは、容貌などにむかっての卑下が、どれほど私の姿をみじめにみせたことであるか。人種の差別がうけるたましいのいたみ。それは、目にみえぬ獄。

巡街雷也《スンガイ・ライヤ》樹膠《ゴム》園は、一くちに、ライヤともよびなされ、馬来半島ジョホール州、センブロン河を遡って、右センブロンを経てアエル・イタムに、左ヨンピンにいたる川すじの、岐れ路にある小さな田舎《カンポン》である。そのむかしヨンピン[*1]はいまのバトパハよりも栄えていて胡椒《こしょう》の荷舟がしきりなしに、この川すじをのぼりくだりしたものだという。

水生のニッパ椰子を赤く枯らして苫に葺いた細長いサンパンに乗って、ほのぐらい病院の硝子張りの廊下《コリドール》をさまようおもいして、私は、しげみの奥ふかい川すじを辷《すべ》っていった。

雷気を胎んだ曇鬱なくもり日が、密林の内部の木木のたゝずまいを、一層ゆきどころないものにみせた。密林のそこをひっそりと水が流れている。その水になかば身をひたす森の、闃《げき》としたこのしずけさはなんだろう。人の力をいまだしらず、人の調節を経験したことのない野生な植物どもが、互の意慾をむき出しにしてふれあっている密林では、かれらは、それぞれのはげしい気質をすこしも失わずにいる。木木は、それぞれのなげやりな姿勢で、水にかゞみ、水をのぞきこんでいる。

もし、このような姿勢を、人間どもの生活している風景のなかにも眺めて過ぎることができたならば、この人生が一層美くしい自然であり、あらゆる入りくんだ内容のうえに装うた外観なるものが、内容よりもはるかに感動的なふかさを持っていることを会得するであろう。

榕樹の楼閣のしたは、夜のように陰暗である。

ながい気根の白髯の垂れさがったしたを、馬来人の舟夫たちは首をちゞめ、

――この樹の下を通ると、生霊《いきりよう》の話し声がきこえる。

といいつゝ、櫂を持つ手をいそがせてすぎる。

水中から、央起上った倒れ木、くされ木や、根など、いずれがいずれともみわけのつかぬ混雑のなかで、ビシリと音を立てて、蜥蜴の子が水に落る。浮木に片脚で立って身じろぎもせぬ大蒼鷺は、舟がかたわらを過ぎてゆくときも、水のおもてをじっと凝視したまゝである。それは、猫属をおもわせるものであった。腥《なまぐさ》い臭いのぷんと鼻につく蛾の種類ともかよいあった。

老いさらばえた大樹ばかりがおいかぶさった領域を過ぎると、眼界はにわかにひらけて、あざやかな緑樹の層が、川づらへ重なりかかっていた。一塊り、一塊りのしげみは黄銅色のかたまりになって、かさなりあう銅鑼かともみえ、くもりびのなかに、うすにぶい金色《こんじき》を游離させているのであった。そのなかへ、いまにも雷電がとびこんできて、

放電がパチパチ始まるかとおもわれた。

「猿喰わず」と俗称されている林檎《りんご》のような果実が赤く熟れて、枝もたわわに垂れる繁木のしたで、支那人が一人つくばって、なにかを猟《と》っていた。馬来語で舟の馬来人がなにか叫ぶと、支那人もそれに返答した。もの見高い性質の馬来人は私にあいさつもなく舟をその岸へ勝手に近よせていった。支那人は大獲物《グワンニャ》、大獲物といいながら編籠をこちらへむけてみせた。

木の枝と枝とが筏《いかだ》のように組合ったうえにしゃがんでいるので、からだをうごかすたびに、彼の足は水につかった。

——何《イニ》だ。それ《アッパ》は。

編籠のなかのものが、なにかの卵であるとわかった。大きな卵だったが、さわるとぶよぶよして、なまあたたかく動悸がうっていそうである。小さくて白い方は蜥蜴の卵で、草いろがかって、表面に剝脱のあとのある方は、にしき蛇の卵だということであった。

蟒《うわばみ》の方は、たしかになかで孵《かえ》りかけているらしいといった。

私は、その蟒の子供が、米粉湯の丼のなかにしずんでいるありさまを想像してみたが、それは、そんなに嫌悪を倶う感情ではなかった。そして、支那人とその卵の内部を貫いて、つよい雷電の蠢《うご》めくのを感じた。

ライヤにある岡部常太郎氏のジョホール護謨園に着いた。

ゴム園のあるところだけ密林は開拓され、野生の樹林のなかに、ドメスティックな木が、訓練された新兵たちのように、静粛にならんでいた。一九三二年、ゴムの生産制限に対する英蘭協定の可能性の見通しが、ここしばらくはつかなくなって、市場相場が十銭から五銭代――一封度《ポンド》の価、好況時代には、十円代にのぼったこともあった――まで暴落して、大小ゴム園は、片っぱしから閉鎖、休園のありさまとなった頃であって、ジョホール護謨の人達も、たゞ、休まないという程度で、なりゆきを眺めている状態であった。

朝、くらいうちに起きて、霧ふかい現場を一めぐりしてくると、もう、旦那《トワン》たちの仕事はなかった。読書と、テニスと、麻雀と、それから所在なさがあるばかりだ。

ジョホール護謨の旦那たちは、四人しかいなかった。マネージャーの他は、社長の甥と、マネージャーの近親にあたる若い独身の青年と、工場主任がいるばかりであった。二人の青年はクラブに室をもって起居していた。食事刻には社宅にいるマネージャーもクラブに足を運んで、一同集って卓を囲み、支那風なクッキングで食べることになっていた。二年、三年、五年と、森林のなかに忘れられた人達は、時がたつに従って、おのれを支えていた故国の印象がうすれてゆき、記憶は脆くもかけちって、間隙が方々にできていった。そのすきまを充塡《じゅうてん》しつつ、亀裂のようにしずかに成長してゆくものは、森林のはてしもしらぬ沈黙であった。

みよりたよりのない子供のように、あの人達は、親しみたい心が一倍強くありながら近寄ってくることができなかったり、むしょうに馴々しくはしながらも、心を正しくこちらへ移す術のないのを知って、懼《おそ》れたりする。そして、明日は出発してしまう因縁のうすい、私のような旅の者にも、冷淡ですごすということはできないのだ。一日二日のかりそめの滞在の出来事も、この先の五年十年のあの人達のおもいでのなかで、修正されたり、引延されたりして、大切に保存されるのである。

私の室の鎧牕《よろいまど》は、深夜のゴム林の方にむかってひらいているので、森林の冷気が、森々と押寄せてくる。

森林の寂寥は、私を目ざとくさせ、耳聡くさせ、ねむろうとするこのからだから、反対に意識を冴返らせる。ランプの芯をほそくしてみる。驟雨に追われて、庭の木に繫がれた野猿が、しゃがれっ声で、なきさけびつづける。

夜なかから夜あけへ、雷の轟をきゝながら、私は、南洋の森や、川や、生物を乗せて、そのすべてのものの肢体をつらぬいている信仰のようなものが、怖ろしい勢で、どこかへうごいているのを感じた。それは眠っているものも、目をさましているものも、一緒に運んでいってしまう――大きな廻り舞台のようなものである。

カンポンの土人苦力のなかからえらばれた美くしい女が、若い旦那の命令で盛装をしてクラブへやってきた。彼女は、ヱランダの籐椅子のうえに、私たちと斜にむかいあって腰を下した。

――この旦那がお前をみたいと仰言《おつしや》るんだから、神妙にしているんだぜ。

若い旦那に言渡されると、女は、はじめて、くらい隈ある大きな眼をあげて、大胆に私の顔をギロリとみた。彼女のみどりがかったくらい肌には、金の腕環を嵌《は》め、金貨の胸かざりをぶらさげている。

――よっぽど名誉なんですよ。旦那によばれるなんて。……カンポンへかえったら、奴さん。大得意で吹聴してあるくでしょう。

私は、彼女を図取りするために、鉛筆をとった。彼女をさがしてつれてきてくれた若い旦那の好意に対して紙にむかわなければならなかったのだが、一つには又、あまり正面的なこの対峙に、困りきっている私自身のてれかくしでもあった。彼女は、私の弱味を見ぬいているのか、そして、早くもみくびってしまったのか、――獄舎にいるのは彼女や、彼女の種族ではなくて、いまの私であることが、彼女の傍若無人な眼つきや、うす笑いではっきり教えられる。

私は、傍にひかえる旦那に、救いを求め、もう充分わかりました、といった。彼は、厳かな調子で、

——かえって宜しい。

と、許を与えた。

藍の唐草の裳《サロン》をすこしたくしあげ、彼女はしゃなりと肩をゆすって、梯段を下りていった。門のそとのたいわん連翹《れんぎょう》の花の咲きみだれたしたに、この女の夫らしい若い馬来苦力が、鉈《パラン》を腰にさして、しゃがんでこちらをじっと見据えながら待っているのがみえた。

森林のものが、森林へ放たれていった安堵で私は女を見送った。

そして、私は悲しんでいた。熱帯の森林をとざして雨霧が、ちぎれては、ちぎれては、寒々と流れるこのけしきを。

（註）1、胡椒市場。その昔は、南海は香料を求めるものによって栄えていた。

2、現在ゴム相場は二十銭代。

夜

夜の密生林《ジャングル》を走る無数の流れ星。交わるヘッドライト。そいつは、眼なのだ。いきものたちが縦横無尽に餌食をあさる炬火《たいまつ》、二つずつ並んで疾走《はし》る饑渇の業火なのだ。

双つの火の距離、火皿の大小、光の射《や》の強弱、燃える色あいなどで、山の人たちは、およそ、その正体が、なにものなのかを判断する。ゴムの嫩葉《わかば》を摘みにくる麞、畑の果物をねらう貍《モサ》、鶏舎のまわりを終夜徘徊する山猫、人の足音をきいて鎌首をもたげるコブラ、野豚《バビ》、怖るべき豹、――それぞれに、あるものは螢光、あるものは黄燐、エメラルド、茶金石、等々。あやめもわかぬ深海のふかさから光り物は現われ、右に、左に、方向をそらせて倏忽《しゅっこつ》と消える。近々と相寄ってきて、凝《じ》っとうごこうともしないものもある。あいても、こちらの眼のうごきを覗《ねら》って、狐疑逡巡しているのであろう。そうした光と光ののっぴきならぬ対峙から、たちまち追窮にうつるもの、命をかぎりに逃げのびるもの。だが、逃げるものも追うものも、声なく、物音なく、この密林の大静謐をやぶるなにものものもないのだ。

スンガイ・ライヤのジョホール護謨園の日本人クラブに私は、心易いまゝに一週間程、長滞在をしていた。寂寞があまりふかいので、夜夜は、自分自身の耳鳴りの物騒がしさにも似て、夜の深さを占めている遠近の、耳にとゞかぬざわめきのために私は、ねむりつけぬことが多かった。その様な時には、ひとりこっそりと起き出で部屋をぬけ出し、支那下駄をつっかけ、ゴム園のなかや、その近所をほうつき歩くのであった。懐中電燈の光を投げては、投げては、先に進んだ。それなしには一歩も、先へ足を踏み出すことは出来ないのであった。光の届く限界に、枝と枝とがひっ絡み、青々した葉と葉がひしめきあう森林の一部分があった。森全体の厚味が、いきたものの寸分のすきまもない重なりあいで、はてのはてから充塡されてきているたゞなかへ、一足ずつ割込んでゆく私自身に、本能的な、血みどろな快楽をさえおぼえるのであった。

昼の世界では、到底思いも設けなかったような、性根をさらけ、歯をむき出した繁みどもの、厚顔な面《つら》、いやらしい表情。

密林の闇は、緑なのだろうか。深紅なのだろうか。

その闇を割って、密林よりも暗い水が、ひそひそと森から遁れてゆくほとりに出た。みだれた蘆荻越しに、街の夜の、見あげる事務所《ビューロー》の窻《まど》に似た、うつろな硝子が薄光りしていた水面だ。みなかみは、はるかに林を迂回しているので、遠い樹林の裾からしらじらと霧をあげているのをみて、川のありかをしることができた。

叢や枝の、ふかいねむり、浅いねむりの、さま〴〵あるねざまを、振ってゆく懐中電燈が浮きあげて過ぎた。可成りひろい水幅を越えて対岸まで、わずかに届くうすらあかりに捕えられ、おなじ夢をみておなじように魘《うな》されている物語の三人兄弟のように、三本の立木が肩を組み、額をあつめて立ってねむっていた。

ライヤ碼頭のゴムを積出す桟橋まで来てしまった。

見慣れた桟橋のたゝずまいまでが、真夜中にみると、全く異って浮上った。そっと呼吸をころして、私の行きすぎるのを待っているとしかおもわれぬ。自分達の自由な時間に下僕達が、気付かれぬように、突然見廻ってきた主人をやりすごす時宛然《さながら》、不敵な心構えをじっと、こちらへ向けているのが感ぜられた。橋板を踏むとき、生きたもののからだを踏む心地がして無気味であった。桟橋のふと竹のてすりに私は靠《もた》れかかった。うごくともなく桟橋は、水のうえでぎしぎしと鳴っていた。懐中電燈のあかりを、水面に落してみる。ぼんやりとしたまるい輪郭のなかに、うす濁った飴のような水が、闇から闇に人しれず逃げのびねばならぬもののように急ぐのが、みえた。同時に、私の肩のうえには、アエル・イタムから海までつゞく川水の総斤量がかかってきた。それは、死骸のように持重りがして、それでいて、生きていることが厭わしくなるほど腥い、はげしい体臭を、こちらのからだに沁みこませるものであった。

乾季、水量が減ると土人たちは、上流から、毒草の汁トバを流す。川蛇、蜥蜴、重さ十貫目の大鯰などが、この水底に棲む大小のいきもの、魚の類とともに腹を返して浮きあがり、その獲物は、サンパン二十艘にあまるという。ここ四五年以前までは、あちこちに鰐も棲息して、水浴に下り立つ馬来人の子供たちをさらっていったりした。さらわれた死体は、喰いちらされ、川床の軟泥に貯蔵されたまゝ忘られるのが常だという。一ヶ年、この川すじだけで、十七八人を下らぬ犠牲者があったものだときく。

ゴム園開発の時代には、このあたりは猛獣の跳梁区域で、生活が常に恐怖につきまとわれた上に、支那人達は多く土匪稼ぎをして、カンポンをおびやかし廻っていた。日本人の大経営を信用しなかった馬来苦力は、苦力賃が現金、日払いでなければ、働こうとしなかった。そのために旦那達は、毎日のように千円二千円を小銭の現金に両替して、シンガポールの銀行から運んで来なければならなかった。旦那達は、土匪につけ覗《ねら》われないように、人目に立たぬデッキ客となってバトパハまで金をはこび、それから土人の刳舟《くりぶね》に乗って、九時間乃至十時間、この川すじをのぼらねばならなかった。宿舎に着いてからも、終夜、槍を手にした土人を宿舎のおもてに張番に立たせ、じぶんはいつでも床を蹴って、金を抱き間道へ抜出られるように、要慎に要慎して、気を許してねむることもできない有様であった。その後、事業の確実性が土人達にも納得でき、従って、給料は週払いとなり、先方から月払いを申し出るようにさえなっていった。匪賊たちは、勦滅《そうめつ》され、或は、山奥へ駆逐されて、まったく影をひそめるに至った。森の野蛮は征服され、静穏な人たちのくらしがはじまった。野蛮にむかって、いみじくも備えた心身の鍛錬も、飛躍も不必要となり、そのかわりに、規律的な事務だけが残った。

そして、一匹一匹ずつ、ねらい撃されて、川底の鰐はいなくなった。

森のあらたな整頓と、静粛のなかには、失われたもの、いなくなってしまったものをいたむこころが強く漲《みなぎ》っていた。同時に、それは人のこゝろから、自己と放恣とが亡びてしまった取返せぬ淋しさを語っていた。みたされぬ私の気持は、懐中電燈がうつし出す黄ろく濁った水のなかに、扁平な、カリカチュアじみた鰐のかたちが、幻にでもあらわれてくれぬものかと、秘かに待ちうけているもののごとくであった。夜のくらやみには、森のいきものの頽廃、歎きが抱きあっているのを眺めてすぎるばかりであった。

丈の高い芭蕉の株の下路の、じくじくした湿り土を踏んで私は、クラブへかえる近道を辿った。アタップで葺いたクラブの大屋根のかたちが、海底ふかく降り立って見あげる空の、この世ならぬ悲調を帯びた明るみに、大伝馬船が舟がかりでもしているように黒々とにじみこんでいるのを仰いだ。空のあかるみの、一層うるみ勝な、切れ長な雲々の裂目に、いかにも不器用に枝を突出した木綿《カポツク》が乗り出したり、煙になって消入りたそうなときわぎょりゅうの姿があらわれたり、まるで夢のなかの風物のように、みていると、切々と心がうたれるのであった。

クラブに帰ってきて、部屋のベットに横になっても、夜のふところから今、受取ってきたばかりのなまなましい、さまざまな憂愁の調子が、魚籠《びく》の獲物のようにいりみだれて、いつまでも私の眠りをさまたげて、抱枕を抱いて反側した。杜鵑《ほとゝぎす》が叫んだ。あいだをおいて、雷蛙が大声をあげた。

霧の流れてゆくような、微かい驟雨が鎧牕の外にさっとふりかかった。そしてすぐ過ぎていったかとおもうと、またおとずれてきた。主人とその奴隷たちの平和なカンポン、園主のために富の乳汁を醸すゴムの木と、その界隈が、ふかぶかとしたねむりにしずんで、あかつきのくるのを待っていた。

そのあくる日、クラブのテラスで、旦那達と食事をとっているとき、使《ダンペ》が、バトパハ日本人会からの回文の謄写摺をもってやってきた。紙片のまわりに顔をよせた人達は、みるまに色を変えた。

――昨夜、センブロン河流域の個人ゴム経営者末藤氏一家がゴム園私宅に於て惨殺された。犯人は、支那人。目的は金銭らしい。

たまさか、私が居あわせて受けとったこのニュースは、センブロンの水のなかに、鰐の姿を待っていたことが、それほど浮世離れのしたのぞみではなかったように思い直され、いうことをはばからなければ、一種の充足感で、身内がときめいたのであった。

開墾

夜十時にシンガポールを発《た》ち、三時間、ジョホール州スリメダン三五公司第二ゴム園の日本人クラブについて、支那人ボーイにベットをつくってもらう。

眼をとじると、くぐりぬけてきた森林の、ゴムの木のきりつけ面から茶椀に、一滴一滴したゝる乳のまぼろしが闇の中にすっかりみえるようだ。それは、いたずらにあけがたまでこぼれつゞけて。

馬来の乳房の、ジョホールは、滋乳をふくませる乳くびにあたるが、くわえているのはよその狡童である。うすい玻璃の、お椀ぐらいもある蝸牛《かたつむり》の大群が、月下に道を横ぎって、移住してゆくうえを、自動車《くるま》の輪が、さ、さ、さと、かるい音をたててつぶして辷った。帆をあげ、つのをふりたてた蝸牛のむれが、こんどはまざまざと眼にうかぶ。拍子木をたゝくように梟《ふくろう》がないた。止まっていた静寂が、ふとながれはじめるのがわかった。寝おびえたもののつぎつぎへの身じろぎが。

——三五公司は、ゴム投資のユニバーシチといわれています。ゴム園経営者は、大概、三五公司出身といってもいゝですからな。三五公司は、はじめペンゲランを開墾しましたが、瘦地なので、ここと、センブロンに主力をそゝぐことになりました。センブロンが第一園、ここが第二園、ペンゲランが第三園となっています。

講堂内のように整頓された、厳粛な朝のゴム園のなかを、創業以来山ぐらしをしているというA氏の話をききながらあるいた。

ピン、ピシーリと、森に亀裂《ひゞ》がはいるような堅さでゴムの実が弾け落ちた。しずまりかえった四辺に、落葉のかさこそと鳴る音[*1]が、ハッと身をひきしめさせる。朝、ゴム採集の苦力が、虎におそわれることがあるときいていたからである。森にさしこんだ陽のなかにわいた蚊游《サンフライ》が、眼睛をねらって、眼のまわりにまつわりついてきて、はなれない。

灰色のゴムの枯葉を踏むと、葉の下から、うぶ毛のような蜘蛛が吹けて出ては、足のさきに立ってにげまわる。

——きれいですね。まるで片付けられたようですね。

——そうでしょう。これだけきれいになっていると、ジャングルの獣も気味をわるがって入ってきませんよ。最近、外人園では、草地式といって、下草をぬかないで放任しておく式でやっていますが、こちらでも研究してます。不況時代には、経費がはぶけて、それだけ助かるわけですから。

A氏は、訥弁の能弁で、すこしどもる調子でいながら、なかなかの話し好きだった。それはまだ英蘭協定のゴム生産制限案[*2]が行悩みで、ゴム価が底をついていた頃のことである。

——ゴム価はよくなるでしょうか。

——やはり、協定次第でしょう。我々月給取りにはそれほど直接なさしひゞきはありませんん。でも、大きなゴム資本主は協定をのぞまない傾向がありますよ。

——何故でしょう。

——つまり相場を叩き落して、中小ゴム園や土人園を併合する腹でしょう。大資本主には、不況の対策にも、土地合理化運動の方が根本的な問題となるでしょう。

——土地合理化運動というと？

——土地がいくらでもありすぎるのは困りものなのです。ゴム植付に無暗にジャングルを払い下げない法案をつくらせる運動です。資本主側にとって、たしかにそれは時代性のある立案ですよ。御承知の通り、ゴムは立派な国際的物産なのに、機械化合理化できないことが玉に瑕《きず》です。土人がゴム苗を勝手な所へ植放しにしておくと、時間通りそれが成長して立派にゴムが採れるようになります。少しも経費が要らないので、価が下ればそのまゝ放ったらかし、相場があがるとせっせとあつめて持込むので、忽ち生産過剰になり折角の価がくずれ出して、大恐慌というわけなのです。

——悩みの種というやつですね。しかし、土人ゴムの制限は大へんでしょう。社会問題、政治問題もあるらしいから。……

——それですよ。……しかし、協定は時間の問題です。

——日本のゴム事業投資は相当なものでしょうなあ。なかでも、この会社なぞ。

——さあ。わたしは数字のことはからきし。事務所の連中ならしってるでしょう。日本人のゴム投資といったら、二億位じゃないでしょうか。……それは三五公司がゴムでは筆頭です。三ヶ所で、略《ほゞ》三万エーカーを越えていますからな。三五公司が、そもそも、馬来のゴムに目をつけたのは、たいへんふるい話で、清朝の末、澳門《マカオ》へ南清鉄道を敷く計画が第一革命のためにだめになったときなのです。その頃の連中といったら、ゴム経営なんかそっちのけで、朝から酒をのんで議論です。砲台をこゝに築くとか、英艦隊をここで迎えうつとか、ものすごい話ばかりで、南洋を日本の領土にする、その礎石にじぶんたちがなるつもりで乗込んできた連中なんです。いまですか？　いまの従業員は、神戸の本社から廻されてくる学校出のおとなしい人たちですよ。ええ。内地のサラリーマンとおんなじです。テニスと麻雀、貯金帖と首の心配、そういったくらしですな。たゞ、ながく山のなかにいると、世間のことがわからなくなって、こゝにいるあいだはい丶が、おっぽり出されたらつぶしのきかない、困った人間ができあがるわけです。

部落《カンポン》を通ると、小舎の前に出ていた女たちが、二人の姿をみて、あわてて家のなかににげこみ、くらい小舎の奥から、大きな瞳を動物のように光らせて、こちらを見据えていた。工場のほこりだらけな乾燥室の、かなあみ張りの高い天井に、無数に、蝙蝠《こうもり》がさがっていた。足でつかまって、逆さまにぶらさがって、翼であたまも顔も匿《かく》している。ときに一つが足をはなして、おどろいてばたばたとうすい羽でもがきながら、仲間のあいだにわりこんでゆく。まるで、職工たちの弁当がぶらさがっているようであった。皺苦茶な顔の老人が、舟つきの路で串焼《サッテ》を焼いていた。

——田舎の景気はどうかね。Ａの言葉に、

——食うているものは無え位ですよ。大笊《おゝざる》に一ぱい胡瓜作って街へ出たら、笊ごと三銭じゃというので泣いてかえったものがごわりました。と、老人は答える。

ようやく日盛り近くなって斑《ふ》の美くしいゴムの樹肌に、金《きん》の漏日がちらばいはじめた。それは、まるで一匹の豹のように、馴致しがたい冷たさでかゞやいていた。

ゴム。その素性は、森の貴公子である。

——山焼のはなしをしましょうかな。

A氏は、そういって、しばらく考えふけるように眼をつぶった。

日本人の旦那《トワン》たちが、ヘルメットにゲートル、手に巻尺をもって、土民を案内につれてはじめて密林にわけ入った。

旦那たちは毎日、測量にあるいた。森林のひとところの木をきりはらって、そこに、高い床を組んだアタップ葺の小舎をこしらえた。河流のほとりまで、丈なす草や、叢から芽椰子、ニッパなどをおし倒してそのうえに赤く鏽《さ》びついた線路《レール》をつなぎあわせた。それにトロッコを辷らせて、醤油樽や、麦酒を舟からあげて小舎にはこびこませた。

土民の出稼人や支那人の苦力たちがあつまってきて、いよいよ、伐採がはじまる。密林の纏《まつわ》りついた蔓や、絡まった小枝が、斧《ブイヨン》でたゝき切られる。尿壺のような水たまりのなかに、籐づるといっしょに鉈《パラン》で切られた蛇が、腹をかえしてのたうっている。その水たまりのまわりの泥には、水をのみにきた小獣たちの乱れた蹄の跡が印いている。はぎとられた褥《しとね》のあとに、光に射縮められて山嵐が銀の針を悉く外にむけて立て、じっと踞《かゞ》まっていたりする。大木はあと廻しになる。足場を組んで、途中から鋸《のこぎり》を入れられ、綱をかけて曳きずり倒される。世の終滅《おわり》のように、大木は人の頭のうえにまっすぐに倒れかゝる。灌木類や、逃げおくれたものを押しつぶして、それは森のふところに大きな穴をあける。苦力たちはほうほうと悲しげに呼びかわして、危険を警《いまし》めあいながら、奥へ奥へと踏み入る。

伐採が一通りすむと、乾燥である。乾燥とは、伐採した木を、炎天下に幾月か放置しておくことであるが、加減もので、乾燥不充分のために焼残りができると、費用が二重になる。旦那達は、乾燥度を調査するために伐木のうえをとび歩いて見て廻らねばならない。炎天の伐採物は、焼けた亜鉛板のうえを歩いているのとおなじだ。そのうえ、照りつけられては、雨にうたれ、蒸れ朽ちてゆくもののあおり風が、厚ぼったくむうんとおもてをうつ。日射病で倒れることが屢々ある。切倒されたものや、大木の切株のうえに、しばらくたつと蔓草やかずら類が、むやみやたらに餔い廻りだす。倒された木から、申し合わせたように天を指さしてぐんぐん新しい枝が伸びはじめる。それが枝葉をしげらせ互に密生して足の踏み所もなくなる。

じとじとした雨が、連日、そのうえに降濺《ふりそゝ》ぐと、一旦、森林の奥ふかく遁れた小獣や、爬虫が、下枝に匿れるために戻ってくる。次代の森が、すでにひかえているのである。

つるべうちの銃声がきこえる。旦那たちが、酒の肴に、小鹿や、野豚《バビ》を逐いまわしているのだ。

——みい。なんやしら痛搔ゆいと思うとったら、×の頭まで、これ、だにの奴が喰いついて離しやせん。

小舎のうらで裸になった旦那が、笑談ぐちをたゝきながら、ざぶざぶと水をかぶっている。夕ぐれになると、ひとときのあいだ、森の奥からたくさんな猿が出てきてさわぐ。旦那の一人が餌を投げてやると、梢から一匹が屋根へとびうつってくる。他もそれを真似てとびうつり、屋根は猿で一ぱいになる。一匹が生捕りになると、他は潮の退くように、たちまちいなくなってしまう。生捕りにした一匹を、テラスの手すりに紐《ひも》で繋いでおくと、夜通し、あわれな声をあげてないている。日が経って、友達猿がやってくると、猿は、つながれていることを忘れたように一緒に遊んでいた。

夜がくると森は、人も、世界も溺らせ、大海よりもふかく、大きく、全身を揺さぶってざわめきはじめるのであった。独身宿舎には一棟四五十人の旦那たち[*3]がくらし、痛飲し、大声で唄い、板張りの床がいまにも落ちるように、どたばたと取っ組みあいをする。そんな連中からそっとぬけ出して、森の流のそばで尺八をふいているものもある。夜はふけてゆく。小舎のなかには、小さな豆ランプが一つ点って、日なかのはげしい疲れと、乱酒に赤黒く爛《ただ》れ、正体もなくなった人間どものからだが、ごろごろころがって、鼾声と歯ぎしりだけがきこえる。

五百エーカー位を一区域にして山焼が始まる。一区域を乾燥させているあいだに、他の区域は伐採をつゞけ、他の区域では山焼をしているといった風に無駄なく仕事をはこんでゆく。山焼は、好天気と、風むきの条件がむずかしい。

苦力達が一列に並んで、火をつけながら後退する。乾れた檳榔の繊維に石油をひたしたものを、小枝のあいだなどに突込んで、それに火をつけるのだ。一列横隊がヂグザグになると、火に巻かれることがあるので、たるみのないまゝで退かなければならない。しかし、温度の急変による竜巻や風のうつりかわりで一ヶ所の火勢が強《つの》り跛をひいて飛走りながら、あと先から人間を挾撃する場合がないでもない。

火が燃えうつると、黄ろい煙がむくむくとあがる。燃えさかりの火勢は、もの凄いものので、炸裂したり、小銃射撃のような音を立てたり、臭気をあおりたて、しゅうしゅうと風を作り、まるで次々の餌食でもあさるように、たぐりよせ、巻きこみ、引きよせ、舌なめずりをして、ひろがるのである。

炎天下の火焔は、水のように無色で、ひやっこい。

触っているのをすこしも気が付かないうちに、じりじりと髪が焦げ、皮膚にちゞれがよってしまう。火気は、天と地を一つに包みこみ、太陽も逃げ場を失って、贋金貨のように艶のない、立つ瀬のないしろっぽけた顔をしてさまよう。

旦那たちも、苦力も、炎にあぶられて、意識が恍惚となり、からだがよろめき、目の前がゆらゆらとしはじめる。火に追われた穴熊や狐が、死物狂いに突っかかってくる。火の粉のなかに小蛇《くちなわ》が軽業の皿のようにピンピン跳ねあがる。

「いま、火のなかへ一人、突倒されたのを見届けました」

と、一人の苦力が訴え出た。山焼がすんだあと、それらしい場所へ案内させてみると、余燼の堆積のあいだに、きれいな白骨になった姿が、最後の時の姿勢のまゝでみいだされた。馬来人同士の情事の復讐であることが判明したが、加害者は、森林ふかく逃げこんで、猛獣の餌食になったということで、事件は打切りになった。後になって、裏海岸のカンポンでその男の姿をみたというものが出たが、密林を横断して無事に裏海岸にぬけることは人間業ではないので、半信半疑のまゝ、永いあいだ噂の種に残った。

山焼の中途で、驟雨の襲ってくることがある。

雷電は、火のなかを跳びあるき、随所に落雷する。

痩せさらばえた骸軀を、滝なす豪雨で洗わせながら右往左往する苦力達、温醸する熱草のいきれ、切株のうえに立って声を涸らして指揮する旦那達、彼らのほでりきったからだに雨は、火を濺がれるように、痛い。ぬるい水が白服をずくずくに浸し、あぶら汗を塗られた肌を透して、からだの芯まで冷えこんで寒気にわなわなと慄え出す。発熱でたおれた旦那たちは、アタップの宿舎にのこされ、日も夜も呻《うめ》きつゞける。血管のなかまでも、山焼の火があばれ廻り、眼は釣上り、耳は、焼崩れるもののごうごうぱちぱちという物音をきゝながら、血液は沸き、煮え湯になって、くらやみになって、遂に死んでいってしまう。葬りをすませてかえってくると、かえってきたもののうちから、又、新しい発病者が出た。苦力小舎をのぞくと、そこにも、疫病の死骸がころがっていた。友達を丸裸にして山にうずめ、悲しんだあとで、その友達の所持品を賭けて、支那人苦力がわいわいいってばくちをうつ。

夜になっても消えない山焼の火が、青や、黄や、紫に、狐火のように燃えてつゞいている。

開墾はすんだ。火で浄めた新しい土には、ゴムの苗木がうえられる。
だが、人間が、犠牲をものともせず、おのれの富の無限をくらべようとした非望も、広大無辺な森のなかに一つ二つ、けちな砂利禿をつくったにすぎない。

（註）１、山奥に棲む虎に較べてカンポンの近くに出没する虎は人間の味を知っているので一層兇悪である。虎は要慎ぶかい動物で一つの餌物をねらうと、幾日もうかがって大丈夫と思わねばかかってこない。採乳している苦力の背後からいきなり肩などにかみつく。郡司大尉が虎とたゝかったのもこのあたりである。

２、ゴム殖林事業が、全マレイ半島で大企業化してひろがってから欧州大戦当時を頂上とみる。その後イギリス政府のリフレーション政策で非常な生産過剰となったのを大正十四年スチブンスン氏案の生産制限を断行した。ポンド価が十円から五十銭まで暴落した時破産者続出した。インフレーションの結果、二円代まで上ったが長つゞきせずだら〳〵下りになった。マクドナルド労働党内閣の初期、この生産制限はてっぱいされた。労働党内閣持前の自由主義で、ゴムも経済的変動によって左右せられるものである以土、自然競争裡に放任すべしとの見地からである。

世界のゴム生産の六割を占める英国は最初蘭領を度外視したため、英植民地内の生産制限は効力のうすいものとなった。それはいたずらに蘭人に漁夫の利を与える結果となった。むしろ、需要の拡大が積極的な局面打開策であるというのが生産制限反対側の意見であった。制限撤廃の結果ゴム価は五銭の底をつく今日に至った。その間いく度か再度の制限案が擡頭し、英蘭協定がようやく実を結んだ。

3、旦那達のなかには臨時雇のものがあった。シンガポールの脱走船員や、破落戸もまじっていたという。

バトパハ

貨幣と時計

黄ろくなった文字板のうえの阿刺比亜数字、それを辿る長針短針、竜頭《りゅうず》というもの、ちらちらうごいている小さな歯車、そこから時が刻まれて出る、うすら錆《さ》びて、単調で、うすぼこりのういた懐中時計。女皇の横顔がなめらかに磨滅してしまって、わずかに横の鑢目のぎざぎざが爪にひっかかる貨幣。どれだけ用途があるにしても、用途ばかりで自分自身には目あてをもたないということは、なんたる味気なさだ。

バトパハに着いて第一の夜、私は、はるばる馬来《マレイ》の奥にひとりで入りこんできた空隙さのなかで、秒針《セコンド》をき、金気《かなけ》くさい鑢目をまさぐった。それをただ、私の旅の憂愁にのみかずけてしまえないで、馬来のこゝろの貧しさに触れた、切な悲しみと思倣《おもいな》した。豆洋燈が一個点っている。支那ベットに張りわたした白蚊帳のうえを、守宮《チッチヤ》が、チッ、チッ、と、かぼそい声で舌をならしてわたる。その影が、シーツのうえに大きく落ちて、うすぼんやりぼやけたまゝで凝っとうごかない。

手紙を書こうと思うが、その気力がない。

あの複雑な象形文字をつゞりあわせてえがくに耐えられないほど、筆が重たい。頭が痴失して、右にも左にもはたらかないのだ。なにもかも、馬鹿々々しく遠くの方へ去ってしまったような気がする。わずか、一日行程軌道から入りこんだだけだのに……。過ぎ去ってしまったような、離れて私だけきてしまったような、区切りのついた、そして、もう誰からも届かなくなった私なのである。届かないものを信用できなくなった私を淋しまずにはいられないではないか。

熱帯地方のなかで、季節が零落をするのは十一月と十二月の頃おいだ。

繁茂したもののあいだで、いっさいのいのちがさびれかえる。生きに生き、延びに延びてしまった葉や茎の、ちからや、感情が、もうどこへも行きどころがみつからないように、大きく、はたとゆき止まっている。鉄分を含んだ丹い灼土の丘には、軍鶏《しゃも》が首をのばしたように椰子が乱聳し、丘のくぼみにはその実が落ちて、ころがって、髑髏場のような凄惨なけしきをつくっていた。そうした、荒廃した眺望の、起伏する丘丘が、炎天の下にどこまでもつゞいた。

毎日のくもり空、雷をふくんだ鬱陶しい天気模様。

ニッパ椰子のさきっぽが、わずかに水面からあらわれて、戦ぎながら映っている満水の水駅パレラハ、ムアにわたる渡船場、砥いろの粉をかぶった石切場附近、ＩＳＫ事務所[*1]につゞく曳船造船所附近を、冬枯れを抱いて、寒気におののきさえして、私はさまよい歩いた。

――馬来人ほど余韻のない人間はいませんね。

と、いつぞや、ながくシンガポールに住んでいる友人の吐き出すように云ったのを耳にとめていた。

銭放れがいゝ、というよりも、節制することができないでつまらぬものに使いすてる習癖のある馬来人は、徹底した刹那主義のうえに、猿悧巧、懶惰、無責任、淫縦などの美徳を具えもっている。彼らの生活の調子は低く、単調で、無感動で目先の本能にだけ釣られてうごく。彼らをそんな風にしたのは、暑熱のための心神弛緩であろうか。回教の影響であろうか。イギリス統治下のながい誅求によるものであろうか。華僑の手管にしぼりあげられて、赤貧のために恒心がないのか。おおかた、どれもその理由の一つにあてはまる。

泡沫のゴム好況時代に自分でひらいたゴム林があたって、栄耀に遊びくらした連中も、今日では饑餓、放浪への一途をたどる有様である。

干魚《イカン・キリン》さえも口に入らず、冷飯に塩をふりかけて食べることがようやくであっても、その日をうえずにすごしさえすれば彼らは、昼寝をしたり、鄙猥《ひわい》な笑談口をたゝきあって、げらげら笑ってくらす。そして、男たちは、漁色を夢み、びらしゃらした色絹の裳《サロン》のあいだから、大型の懐中時計をぶらりとさげて、カンポンを歩きまわったり、籐で造った蹴毬《けまり》をついてのどかにあそびくらしている。女たちは又、女たちで、金貨、それも、大概はまがいものの金貨を、上着《カバヤ》の釦の代りにつけるのを唯一の見得にして、胸をつき出し、尻をふりながら闊歩する。

貨幣と時計、それは、馬来人たちの生活のなかで、いきいきと活動してはいない。

そして、馬来人たちのいのちの零落は、このあたりの風景といっしょに、極度の消耗のはて、頭脳の闇にぶつかってうごくことができずにいる。

空地の草むらのなかで、野天の活動写真の興行があった。水たまりのそばや草株のなかに、烏帽《からす》をかぶった馬来人たちが三人、五人、固まってしゃがみながら、映画をながめていた。モノトンな奏楽につれて、雨のふる古ぼけた西部活劇、途中で切れて、いつのまにか他の映画になって、辻褄のあわない喜劇をつゞけている。籐椅子席で私が、睡気に誘われているとき、にわかに、大きなざわめきが起ってハッとした。そして、画面に眼をやると、丁度その時、大うつしになって、カウボーイの主役の青年が、令嬢を近々と抱きよせて、唇を近づけてゆきながら、そのつばの広い帽子が味をもたせて、観客の眼からそれを遮ろうとする刹那なのであった。

馬来人たちは、悲鳴に似た、奇妙な叫び声をあげ、からだをもじらせ、鼻をくいくいやり、あるものはまた、えへらえへらの馬鹿笑いのとめ処がないといった風であった。青年の首すじにかかった令嬢の巨きな腕や、青年のすばらしくひろい額の雪渓に、光線に射すくめられた守宮が、立場を失って走りまわっていた。

映画をみても、話のすじもわからず、ほかになんの興味もない馬来人たちは、白人の羞恥行為や、弱点をみつけるという有頂天もまじって、全巻のはじめから終まで、固唾《かたず》をのんで、接吻の場面一つを待って、毎夜毎夜でかけてくるのだそうだ。

シネマのかえり路、私は、川かみの河岸づたいを、サゴの粉碾場《こなひきば》のある方まで私は、消化しがたい憂鬱をいだいて歩いた。偃月刀《なぎなた》を植え立てたような水沢のニッパ椰子の奥に、霙《みぞれ》のふるような音をさらさらと立て丶、星がまた丶いていた。

海のある方の際涯には、蟠まる雲のひまを、藤色のいな光が、しっきりなしにふるえて、豪雨ともろともどこか、遠くのはてをさまよっているのであった。

（註）1、石原鉱業事務所。

カユ・アピアピ

一

カユ・アピアピは、馬来語で、カユは木、アピは火、炎の木という意。水にちかく枝を張るこの木をこのんで、夜になると螢があつまる。螢火の明滅で、枝なりに梢が燃えているようにみえるので、その名があるのだという。

馬来半島ジョホール州、バトパハ（Batu Pahat 峇株吧轄）へ。正午、シンガポールをバスで出発し、ジョホール・バルを経て、午後五時ちかく、灼けた丘陵を幾跳躍《バウンド》、水ちかい空の放たれたにぎやかさのなかに、あがってゆくしゃぼん玉のようなバトパハの街をのぞむ。

街のつきあたりに、満水のバトパハ河のうちひらけるのをながめたとき、私は、しおやまみずのいりまじった水のなかに、頭からずんぶりとつけられたような気がした。そのバトパハ河にそい、ムアにわたる渡船場のまえの日本人クラブの三階に私は、旅装をとき、しばらく逗留することになった。ゴム園にゆくにも、鉄山を訪ねるにも、ここは重要な足がかりである。山から出てきた人達はここに宿泊し、相談ごとに寄合ったり、撞球をしたりする。夜は、早便でここへつく日本の新聞をよむために事務所の洋燈《ランプ》のしたにあつまる街の人たちもあった。三階のすみには、古びた支那寝台がいくつも用意してあって、勝手にどこへころがってねてもよかった。支那人ボーイが、洗晒した浴衣《ゆかた》と、豆ランプをもってきてくれる。二十五年以前まで、バトパハは、ルマ・バッと称して、渺茫《びょうぼう》たる大河の岸に、ニッパ椰子に埋もれた、家数五六の小部落にすぎなかった。やがて、三五公司のゴム園開発によって、その事務所がルマ・バッに置かれた。センブロン河流域や、バナン山麓が開拓されるに従って、その根拠地としてバトパハは、日本人の勢力下に発展したのである。現在、人口四万、八十パーセントは華僑、日本人の数は約四五十人である。日本人クラブの所在地は、ルマ・バツの部落のあとである。日本資本の余沢で生きているこゝの華僑には、シンガポールから入りこんでくる排日宣伝も成功したことがなく、[*1]政庁の役人達も、土地納税者のトワン・ジッポンの鼻息をうかがって、華僑をきびしくとりしまっている。

部屋の三方に、一一指で押すと、蝶がうしろで羽をあわせる形に、鎧扉がばたばたとひらいて、風が吹き通し、朝な夕な、部屋は空に乗りあげる。バトパハのどこの牕《まど》をひらいてもみえるように、そこからも、水煙りをあげて瀟洒な若々しいカユ・アピアピがみえた。

カユ・アピアピは、手をあげたり、靠《もた》れあったり、はなれたりして、対岸の水辺ちかくにならんでいる。作法もなく大胆にのばしたその幹や枝のまわりに白楊に似た、淡々とした葉を、錫箔でも置いたように疎らにつけている。繁茂は、ふかければふかいほど明るく、軽く、大胆で、淋しげだ。かよわいコンポジシオン。猥らさのない爽やかな放縦。カユ・アピアピは水の一族である。水で生きている「瞳」とおなじように、しずかで、聡明で、すゞしくて、たゞうるおいにうるおうている。

バトパハの街には、まず密林から放たれたこころの明るさがあった。井桁にぬけた街すじの、袋小路も由緒もないこの新開の街は、赤甍と、漆喰の軒廊《カキ・ルマ》のある家々でつゞいている。森や海からの風は、自由自在にこの街を吹きぬけてゆき、ひりつく緑や、粗暴な精力が街をとりかこんで、うち負かされることなく森々と繁っている。

ゴム不況のどん底にある今、この街は、わずかに鉄山で活気づいている。生ゴム取引の支那人の店は、渋ぬりの大戸をおろしてひっそりとしていたし、夜夜、シンガポールにかよう定期船のデッキには、一家をひきつれて流民となる近辺の百姓たちで、足もふみいれられないありさまであった。街が黒くなるほどおびたゞしい燕の、しわがれた囀りで朝霧が晴れる。ときわぎょりゅうを植えた河岸に、沢蟹そっくりな人力車が、渡船の客を待っている。立ちどまるとすぐ、車夫は腰をうかせ、車を曳いて寄ってくる。黙々として車にのると、梶棒をあげてどこともしらず走り出す。私は、車夫の足に任せて走る方向へ、はこばれてゆくまゝにしておいた。またたく街を出はずれて、熱草のなかや、山路にさしかかると、車夫が不安になってうしろをふりむき、これでよいのかとたずね顔をする。猶、うなずいてみせると、汗をふり落しながらまた一しきり駆けつゞける。パレラハの水駅や、バナンの麓まで走らせることもあった。

バトパハ河の川下の風景は、とりわけ忘れがたいものであった。瑞和代理亜細亜火水雷池と、ものものしい字がえび殼塗の亜鉛壁一ぱいに書いてある石油貯蔵庫があった。

泥《どろ》は草の石垣の掘割の石垣の草は泥

貯蔵庫のうらは、乾きあがった掘割で、漁夫部落がつゞいていた。掘割の石垣の草は泥をかぶり、その泥は白く乾き、みな亀裂《ひゞ》われていた。木屑のなかで棺材を刳っている支那人の家がある。そのあたりよりことさらうらぶれたカンポンが川下につゞき、人足や漁夫の家が、縦横むじんな細い乱杭に支えられて、のめずり込みそうになって水のうえにならんでいる。漁船が寄せかけ、アタップの屋根を越えて赤い三角旗のついた帆ばしらがぎし〳〵ゆれている。金糸や、赤糸で総角《あげまき》をむすんだ女児たちが、関帝廟の弱い木のてすりにつかまってあそんでいる。どこへいってもおなじ貧窮のひえびえとした泥臭さがたゞようてある。草地や、泥洲になって、家並みもまばらなところに、ふるい荷船《トンカン》が曳きずりあげられている。スリメダンの鉄山と沖のあいだを鉄の鉱石を積んでは往復する荷船である。そのあたりは修繕場で、あっちこっちに同様な荷船があがっている。槽型をした大きな荷船は、そばへ近づいていってみると、見あげるようだ。何本も枕木をかったうえに乗っかった荷船の、こちらへむけたまるい尻を、五六人の苦力が走りまわって、焚火であぶっている。船ぞこについた虫を焼殺するのだ。薪はパンパンとはぜ、火気はのぼり、烈日のさかんな川景色をよろけ硝子でみるように透明にゆらめかせていた。このごろのひよりぐせで、昼すぎからは必ず、衰耗をみせた。碧天の四つのすみから、たちまち、むくむくと白雲が盛りあがってきて陽をかくし、どこからともなく寒気立ってくるあわたゞしい気配のなかで、カユ・アピアピが、いちめんの雀斑《そばかす》のようにふり撒かれ、小豆のようにしゃがれ声で、さわいでいた。

二

灯がつくころになると、クラブの書記生のS君が、すこしそのへんを散歩しませんかとさそいにきた。S君の相棒のスマトラ木材の出張所[*2]にいるK君が洋服のうち側に、ウヰスキーの角壜を愛児のようにかくし抱いて、おなじ刻限に申しあわせでもあったようにふらりとあらわれる。バトパハには、今日まで小学校がなかったので、仮に、クラブの三階廊下を教室にして、S君が子供達をあずかることになったので、その用意で昼は忙殺されているらしかった。生徒といっても各級あわせて七八人にすぎなかったが、いよいよ開校となれば、シンガポールに出してある子供達を親の手許に呼びかえして、生徒数もふえる予定であった。この学校の開校にも、始業にも居あわせて私は、S君の依頼で、子供達を引きつれて川すじや、トンカン修繕場の方まで写生に出かけた。

一すじのめぬきの街を三人でねりあるいた。勝月号、得月号、両順耳などと楼の扁額をみあげながら私たちは、カンポンからあそびにでてきた、裸足のしゃれ者たちにうちまじり、娼家をのぞきこんであるいた。軒廊《カキ・ルマ》に釣った鉄の透彫のある八角燈籠の、蜘蛛の巣やほこりでよごれたガラスのなかに、いきをついている宵の燈火が、木の花のようにわかやぎ、木の芽のように匂う。軒廊をわがもの顔に、床几をもちだしてやりて婆が頑張っている。娼家のなかは、紅蠟燭をともし、抹香に煙って、厨子をのぞくように、くらく陰気くさい。断髪や、おさげの女たちが、お白粉球*3をのばして化粧をしたり、ねそべって麺を啜《すゝ》ったりしていた。その顔はこわれた大丼、欠けたお皿のようで、首すじは、垢と鳥肌で、川蛇の腹のように粒々立っている。彼らは私達を日本人とみるとついと面をそらす。バトパハでの華僑の消極的な、しかし唯一の反抗がそれであった。さかり場を出はずれると、もう、ゆくところはなかった。

裏通りには、うどん、チャンポンなどと書いた下に、マレイ字で硝子障子に書いてある日本の飲食店*4があった。馬来女をひとつひやかしにゆきましょう。とK君は、ふらふらしながら先に立った。黒い髪をばさりとふりさげた椰子のしたの、鼻をつままれてもわからないくらやみを、足さぐりですゝむのであった。S君は、二度も、下駄の足で水たまりにはまりこんだ。蛇を踏むから気をつけろよ。虎の尾という猛毒なやつがいるから。とK君がおどす。アタップの床の高い百姓家が、燈《ひ》一つなく蹲《うずくま》っている。くらいなかから、旦那《トワン》。五十銭《リマプロセン》。承知《バグス》。
三十銭《テガプロセン》。

と呼ばわる。

失策《しま》った。懐中電燈をもってくるんだった。こいつらを並べておいて、顔実見をやるんです。ところ剝げに白い粉を塗って、おしろいなんかじゃありませんよ。うどんこか石灰《いしばい》です。嬰児を抱いた嬶や、十歳位な小娘もいるんでさ。百姓の嬶や娘が食えないで内職に出ているんです。……嬶が商売しているあいだ、亭主殿は、マンドリンをかゝえて河岸っぷちで月をながめて夜をあかす。風流なものですよ。とK君は説明した。家のなかはまっくらで、なに一つ家財はなく、蜈蚣《むかで》ががさがさ床板を匍っているだけだとも付加えた。出水の水たまりをじゃぼじゃぼ渉りながら、嫖客たちがさまようていた。河岸に出ると、潮をふくんだしめっぽい風が面をうち、定期船の汽笛が、僻《けだ》るそうにながながとひびく。

狭い土地をあちこち飲み歩いて、十一時頃、泥酔に近いふたりとつれだって私は、彼らのなじみらしい日本ののみ屋にあがった。

主婦は四十五六歳になるであろうが、ちりめん皺に薄化粧した顔容は、むかしのふくよかさを偲ばせていた。ほかにでぶとくろとよぶ女たちがいた。いずれも五十歳前後の、たるんだり、しおれたりした肌を、浴衣から食みこぼして酌をしたり、九州訛りで草津節をうたったりした。主婦は、書記生のSに、丁度、小学校に通う年頃の彼女の一人娘がシンガポールの知人にあずけてあるのを手許に呼びよせて入学させる手つゞきや、ゆく先のことについてくどくどとたのみ込んでいた。S君は、うんうんとうなずいてきいていた。きいているとおもっているうちに、すやすやとしずかな寝息を立てはじめたり、突然眼をかっとひらいてあばれ出したりした。

そんな弱い奴はもう、見放した。ひとりでもっと飲んでくる。とK君は、ふらふら、深夜の街へ出ていった。手足をつっぱっているS君のからだを私は、やっと抱きあげ、一気に二階へひきずりあげた。途中で二度ばかり、抱いている力がぬけ、壁に、頭をごつごつとぶっつけたが、S君は、わずかにまぶしそうに顔を顰《しか》めただけであった。

表寄りの広間に調えた寝床のうえに、S君をほうり出すと、私はほっとした。ヱランダに出て外気にあたりながら私は、くらいバトパハの街の輪郭と、海の方の空をふるわせている遠くの稲妻を眺めていた。しばらくして目をさましたS君は、また罵ったり唄ったり、若い日をバトパハのような辺土でむなしくすごすのは口惜しいといって、はてはしくしくとすゝり泣きをしはじめる、それも、どうやらしずまったらしいので、室を横切って、じぶんに定められた部屋へかえろうとした私は、柱のかげに身を退かねばならなかった。母親ほども年齢のちがう主婦が、S君をこまやかに愛撫しながら、愛撫のおろおろ声にまで、くり返しくり返し、娘のことをたのみこんでいるのであった。

あくる朝、陽のさしこんでいる窓べりで、私は眼をさました。朝早くクラブに戻っていなければいけないS君は、頭の芯が痛むといって、なかなか起きいでてくるようすがなかった。蘭の幾株を釣した石塀に向いた、ひいやりとしめった中庭のたゝきで、私ひとり、珈琲とパンの食事をとった。衝立に紐でしばりつけられた小猿が、パンが欲しいと、手をのばしては、チイチイと鳴いた。

私は、ふと、階段の横の壁の高所に、枯葉色になった古い写真の飾ってあるのに目をとめた。肩が看護婦服のようにひだでふくらんだ旧式の洋装をした、豊頰の、二重瞼のぱっちりした二人の若い婦人が、よりそうてうつっているのであった。ひとりはこの家の主婦、ひとりは主婦の姉か、朋輩か、この世にはない人のあかしに、線香がふすぼりかえっていた。写真の顔のうえを、舌うちしながら白いやもりの牡が牝を追っていた。

他の老媼たちも、酒が助ける昨夜の嬌態もうせ、老女らしいこゝろづかいで、私に洗面の水を汲んだり、下駄のぬけた鼻緒をたててくれたりした。若い女の新たな入国を法令で禁じられているので、稼ぎのこっているものの、山の旦那たちも独身者が少くなり、国ちがいは不況で金がまわらず、そのうえ、じぶんたちも老に迫られいつまでそうしていられるものとも考えられない、そうした彼女たちのこころにも、からだにも、バトパハの街のふところを吹きぬける巒気のような、冷々とした寂寞がひろがってゆくばかりであろう。

厠に入った。石壁のおれ釘に、反古があつめて糸で通して引っかけてあった。その一枚を引きちぎってみると、九星運占の本のくずれで、おそらく女達が、うかびあがる日を数えでもしたものか、二黒水性、説明の文字の下には、女たちや私をたゞよわせる波、女たちの顔の皺のようによろけた波のまにまに板子を抱いて、溺れかけて浮きつ、しずみつしている人間の図が画かれてあるのであった。

川上のスマトラ木材会社の事務所にK君をたずねてみた。K君は、あいかわらず、胸に角壜を抱き、机のうえに泥靴を両方のせて、土人の人夫頭と話しをしていた。ニッパ椰子を倒して、筏に組んだ材木があげられ、芯まで赤く雨にぬれていた。S君の噂がでると、K君は、あいつみたいに始めから帰りたがっている奴も珍らしいですよ。あゝいう男がえてして、かえらずじまいになります。と、おもしろそうに言った。

木材会社が不振で、近く日本へかえるかもしれないとK君は話した。蘭印は採算のとれないような苛税を課して外国人の仕事を暗に妨害していること、自由主義のイギリスも、本来の建前を廃めて、障壁をつくりつつあることを述べ、仕事が段々やりにくくなったともらした。事務所の窓から外を眺めながらK君は、

――そろそろ、本格の雨季に入りましたね。

という。

窓の前は、腥いほどニッパ椰子が重なりあって繁茂していた。濛々とした雨霧がふきはらわれ、しばらくのあいだ明るんでみえる曇天に、黒々として逆光線でカユ・アピアピの姿があらわれる。

猿。

私が指をさす高い枝の股に、鉄銹の透彫でもみるように、子供を抱いた母猿がうずくまっていた。つめたい雨に、幼いものをぬらすまいと庇っている恰好である。もっと高いところの枝がゆれるので、ゆれるところをみるとそこにも、ゆきどころを失った猿がつたい歩きしている。方方の枝にいる猿が段段視射に入ってきた。よりふかい雨霧の塊がふりかかってくると、枝も猿も、まどいながら、薄れ、ぼかされ、一息でなにもかも消えゆきそうになる。事務所の亜鉛屋根にもしんしんと雨がふり濺ぎ、咫尺《しせき》の間を弁ずることもできないほど、しらじらとあたりが煙りこんでしまうと、ともを呼びかわす猿の力ない鳴声だけが、この世にそれよりほかのたよるものがないかとばかり、あわれに

きこえてくるのであった。

（註）1、満洲事変の時、宣伝員が入りこんで二三の家で爆竹をやった。たちまち政庁から武装巡査が乗りこんでいって、主人たちを拘引し、罰金を科した。大凡そんな具合である。馬拉加やピナンでは、排日さわぎで邦人中にけが人さえ出来た。シンガポールでも新世界中で浴衣の琉球人が袋叩された位なのにバトパハ丈は平安無事ですぎた。

2、現在はない。

3、おしろいを固めて、大きな球にしたもの、水でとかしながらつける。

4、娘子軍の残党。

霧のブアサ

バトパハは、すでに明けはなれようとしていた。

バトパハ河の碼頭にそう日本人倶楽部の三階に私は、旅装を解いて、すでに二週間近くになる。鎧牕《よろいまど》をひらくと、そとは、いちめんの朝霧であった。

それは、屍体の鼻孔や、口腔に塡《うず》めるつめ綿にも似た、陰気くさい北欧あたりの黄っぽい霧とはまったくちがう。晴れ間をいそぐ、銀色がかった、うるみがちな川霧である。ちぎれては、ちぎれては、すばらしい速さで、それは翔ぶ。

霧のうすれてゆく尻尾の方から、墨で画いた水駅の欄干がすこしずつみえてきた。荷船《トンカン》のへさきや、斜にかしいた帆柱や、赤い三角旗や、カラッパ葺のサンパンの苫《とま》などが、表情だくさんに、入墨ぐらいの淡さであらわれたかとおもうと、小姑《こむすめ》の吐く息ぐらいの、かすかな霧でかき消されていってしまうのであった。

家の軒廊《カキ・ルマ》にぶらさがっている鉄龕燈には、まだ燈が点いているところもある。霧の海のなかに、あっちこっち大提灯がういている。私は、その一つの前に立止まって、見物しはじめた。普段は、それ程、気にも止めてみなかったが、外界が霧にぼかされたなかに、ぶらさがっている提灯はじつに見ごとであった。提灯は一抱えあまりあって、かたちは、日本の高張りに似ている。細骨をすかした油紙が、冴々とあかるい。朱と墨で互る互る「泰和号」と大字で書き、裾をめぐって、あざやかな彩色で、武人たちが、山怪水妖のようなものとわたりあっている絵が、こまごまとえがかれてある。水中花のようなうつくしさだ。瘴癘《しょうれい》をしのぎ、毒虫悪蝎と戦い、はるばるこの異域に、根をはり、枝葉をしげらせた「商戦雄師」の華僑たちの夢が、あかつきの霧をさまようているのではあるまいかとおもいまどうた。

私の肩のうえを水平にすりぬけ、大提灯の腹をかすめてひらりと身を翻えし、しわ枯れた声で鳴き、胸の丹い嘴の扁《ひら》べったい燕たちが、ゆきつもどりつ、翔びかわしているのであった。

霧のなかへ投げた梵字。

むすばれては、するするほどける草書《くさがき》。


南洋の部落のどこのはずれへいってもみうける支那人の珈琲店[*1]がこの河岸の軒廊のはずれにもあった。

その店に坐って私は、毎朝、芭蕉《ピーサン》二本と、ざらめ砂糖と牛酪《バタ》をぬったロッテ（麵麭）一片、珈琲一杯の簡単な朝の食事をとることにきめていた。これらの珈琲店は、支那本土の茶舖の役目をしていて、休息して汗をぬぐうたり、人を待って商談をしたりするのに利用されている。茶一杯をもらって、荷売りをよびこみ、勝手に麵を啜ったり粥を食べたりすることもできる店のうちは、あいもかわらぬ支那人のごたごた趣味で、額ぶちや、聯や、ポスターがところ狭いまで飾り立てられている。広東珠江、杭州西湖などの硝子画の額や、モダーンな断髪美人裸体の石版摺、花鳥画、竹の半筒聯など、それらのものは、たいがい、同郷人たちからの開店の祝いものである。

隣家の苦力合宿所[*2]から、働きに出かける連中が二三人、テーブルを囲んで珈琲をす、っているほかには、客はいなかった。私は、そこから、霧の川べりをながめていた。炎熱の闘いのはじまらない、一日中でいちばん爽やかな、落付きのある時間だった。川をふさいでいる霧のなかには、すでに、今日一日の胎動があった。

蒸籠《せいろう》のふたをとった時のように、渡船場の川づらからもやもやと霧が甬いあがって、ムアからいま渡船で着いたばかりの人達が税関吏にしらべられているありさまを、たちまち掻消した。苦力たちが店から立つのといれかわりに、珈琲店の若い衆と顔なじみらしい商人態の支配人が、三四人渡船場の方からやってきて、つれ立って入ってきた。

おしゃべりがはじまった。珈琲店の亭主が、二三日以前からブアサ[*3]に入ったので、まるで火の消えたような不景気加減じゃなどと、口を切る。ブアサとは断食の馬来語で、回教の斎週間をさすのである。この週間、回教徒たるものは、日中は、じぶんの唾液一滴、喉へ通してはならない。禁を犯して、ものを食べているのをみつけられたら、回教国の掟によって、たゞちに国法にてらし、処罰をうける。

——全く、馬来人もつらかろうが、はたのものもつらいことだ。このあいだ、コーランプル[*4]で、支那料理人が店先でだしにする蛙の生皮を剝いておったら、すぐさま、現行犯でつれてゆかれ、動物虐待法令にひっかかって、罰金をとられ、ひどい目にあいおったそうな。

——鶏の脚をしばって逆さに釣してもってあるいたというて、やられたやつもおるげな。

——それより、この話はどうじゃ。サルタン殿が、カンポン旅行をなされた。ところで、そのサルタン殿は、どうしても宗旨ちがいの支那人コックの殺した鶏は食わぬとの仰せで、ハヂ[*5]の位のある馬来人をわざ〱領分からよびよせられた。ところで、このハヂ先生、鉈《ゴロク》を持って来おって、いきなり一刀ばっさりと鶏の脚のへんを叩いたものじゃ。鶏が苦しんで、バタ〱さわぐをおしつけておいて、メッカの方角へ一礼する。そしては又、一刀、また礼拝で鶏が息をひきとるまで、幾刀、幾礼拝したか知れぬそうじゃ。一おもいに、ひょっと一ひねりやったのと、一たいどちらが動物虐待じゃろか。

——いや、メッカにお辞儀してもらうと、鶏は苦しゅうないのじゃろ。当の鶏にきいてみるより仕方がない。

みんなは揃ってどっと笑う。

そんなわやわや話の最中、カーキ服に半ズボンのボーイスカウト然とした若い馬来巡査——ジョホールの徽章、三日月と星のマークを幅広帽の横につけた——が、人足態の男を短かい棍棒でおどしながら、店のまえを通りすぎた。人足は、よろめくふりをして店になだれ入ろうとしたが、邪慳に引離された。支那人達は、顔を見あわせ、ブアサの犠牲者にちがいないと、評定しあった。一度ゆきすぎておいて一人の巡査が、せかせかと小戻りしてきた。金つぼ目で、唇が黒い。落付きなく店のうちをのぞきこみ、

——マレイ人で、なにかここへ食べに入ったものは居らぬか。

とたずねた。

——マレイ人など、お前さん以外に、てんから今朝は見かけもせぬ。

ボーイは、そっ気なく返事をする。

しばしためらっていた巡査は、そばのガラス壺のふたをとって、ずっと手をつっこんだ。

落花生入りの菓子パンが入っている。つかみだすなり、無暗に口に頬ばった。目を白黒させて、指の先で猶もおしこもうとする。咀嚼《そしやく》するひまもなく困惑しているくせに、手は、釣りさげてある芭蕉《バナヽ》の一房に、すばやくかかっていた。まだ熟せず、青いのを二つ三つもぎとってポケットに入れたが、おもいかえして、皮をむき、遮二無二それも、おしこんだ。ポケットから銅銭を出し一枚二枚と数え、机のうえにおくと、あとと先をすかしてみて急足でさっさと去ってしまった。亭主は、そのバラ銭を無造作にかきあつ

め、そばの銭箱にチャンランと投げこんだ。

またたきもせず一部始終を見物していた商人達は、黙々として立上る用意をしはじめた。十銭か、二十銭の賂《まいない》で、通してきた抜け荷を、どっこいしょと背負って。

乳色、それから薔薇色、金色と、霧は晴れていった。

一旦うすれはじめると、それはまた、くうちにはぎとられる。鏡にかかった息がはれるように。或は、霧のなかの内証ごと、馬来人達がよごれた口のまわりを、さっぱりと拭うように。


(註) 1、カッピー店は、印度人系と、支那人系の二種ある。南洋各地、どんなところにも一町内に必ず一二軒はあって、商談、食事、休息の用を足す。
2、一軒の苦力合宿所にはごろ〳〵と七八十人もねている。寝具のいらない彼らは、机のうえにも床にでもころがっている。
3、回教の重大な行事で、ブアサ明けを、ハリサヤ・ブアサといって、大祭事を行う。
4、マレイ聯邦州首府。
5、回教徒の位官。メッカ詣りをして白帽をさずかったもの。

鳶と烏

南郊バナン山から、こらえ情のない驟雨《スコール》がおりてくると、かわいていたものは息をつき、クラブの水浴《マンデ》場の石の窓ぶちにのせた鉢植の蘭や紅芋の葉はたちまち濡色を増す。すがすがしい水浴の肌に、糊のつよいシャツをきかえ、黄塗の支那下駄のゴム鼻緒を足指につっかけて、屈托もなく熱帯の夕ぐれの街をそぞろあるくのはたのしい。すでに軒廊に円卓をもちだして、支那の商家の一家族が晩食をはじめている。主人も、小僧も一律に、一つの、皿の菜をつゝき、一つの湯の丼に箸をしずめる。

「万瑞園」というこやから、福建芝居の銅鑼や、拍子木がきこえる。街はずれの映画館では『七剣十三俠』『丹家二小俠』などの標題の、荒唐な支那映画をやっていた。空中を人が走ったり、仙人が口から吐いた剣が、敵味方空中ででであって火花をちらしたりという、まことに支那らしいものであった。

草原のあき地で、アセチリンを焚いて天幕張りの曲技の一団がやってきた。天幕の破れ穴から子供たちがおり重なってのぞいているのをみたものだが、いまは、興行も去ってしまって、草地に満潮の水が退かないでじくじくたまっている。

軒廊をいったり、来たり、露店をひやかしてあるいたり、夜がふけ、足が疲れるまで、おなじところをぐるぐるまわって、あてどもなく時を費すのであった。紅い壜を棚にならべたヒンヅーの氷店《アエ・バトー》。パイナップルの切売り、香茶*1、麺などのたべもの屋。曲本*2や、うすっぺらな黄表紙、中国輿図などを並べている露天の古本屋。鹿のふくろ角をかざり、えたいのしれない干しかためたものを小刀でけずって売っている薬種商人。うすぐらい路地ぐちに、黒子《ほくろ》だらけな顔を画いた掛軸をかけ、そのしたに踞まっている老人の観相《にんそうみ》。この一列の繁華をゆきすごすと、バトパハはくらい町だった。

天后宮の廟*3の屋棟《むね》の宝珠が月の出にあかるみそめると、廟前の石橋に腰をかけて、ちゃん刈で、蠟引ズボンをはいた支那の若い衆が、横笛の稽古をしている。私はよく、歯科医のH氏をたずねた。「こんな狭い土地でさえ、日本人は四角四面で、平和な結束がなく、誰一人生活をたのしもうとしないのは、日本がよいところすぎるのかもしれない」などということを話しあった。土着という感のうすい日本人は、クラブの建物さえ、かりずまいの名の華僑からの借家住いですませている。

そゞろあるきのかえり路には、きまって市場のなかに店をひらく総菜屋のなかへ入っていった。一日のうち、もう一度、午後二時頃にもここへやってくる。その時刻には、総菜の店は取片付けられていて、車屋台のうえでまんじゅう屋が商売《あきない》をしていた。蒸籠をあげ、なかのふかしたてのまんじゅうを、布袋《ほてい》和尚のようにふとい腹をつき出したおやじさんが、とり出して並べてくれるのを、苦力と一緒に、竹を曲げてつくった小床几に腰掛けて待っている。脂のように茶さびでくすんだ小茶椀に、さめた渋茶をびしょびしょとしたゝらせてくれる。おやじさんのふとい横腹には、いちめんに白癜《しろなまず》がひろがっている。

総菜屋はおなじような店が幾軒か並んでいたが、私の足はきまって、その一軒にむき、私の坐る床几も、表寄りの角のところときまっていた。

新錦興

山水茗茶
飽餃点食
時飯時粥
中西美菜
炒煮常飯
炒煮麵条
十景米粉

汚点だらけな古いのれんに黒字と赤字で書いてある文字をよむかっこうをしていると、半裸体のいつもの小僧が、顎を前に突き出して、親しみの挨拶のかわりにした。私が註文をするまでもなく、小僧がこゝろえていて、料理場の方へ米粉一椀を通してしまいそうなので、一応、あわてて私は、小僧を呼びつけなければならなかった。小僧をそばに立たせて、しばらく沈思した揚句、なんということはない、いつもの通り米粉を命じるのであった。

ながい竹の箸、醬油つぎ、ちりれんげ、薬味の胡椒、青唐辛子の実、卓のうえに小僧が、いつもの品々を、いつもの位置に、ぞんざいにおく。

熱い湯気をたてて、大きな米粉の丼を小僧がはこんできた。

いつもの通りの米粉――かわったところといえば、丼のなかに入れてあるものが、その日その日の魚菜で、そのために湯の味わいにもすこしの変化のあることであった。私は丼のなかから竹箸で、一つ一つ菜をさがしてつまみあげた。

青菜、鋸形に切った豚の肝臓、白身のそり反った魚片《イカン》、灰色のまるい貝殻が、パクッと口をあいている。それから、私は、はさみあげて、すてることができないでいる小指位な小さな烏賊《いか》。子供がいばりくさったように足をみんなそとへそらせて、その足には、目にみえない先っぽまで、小さな疣《いぼ》が行儀よく、ぎっしりと並んでいる。

「坊や」

四歳のとき日本へのこしてきたまゝ、足掛五年あわない子供にめぐりあった気がした。小さなぐりぐり頭が目の先にうかんでくる。

「父ちゃん。なぜ、かえってこないんだ」

玩具刀をふりあげて、いう声までがきこえてくる。

私は、その烏賊の子を挾んだまゝ、ひっくりかえした。子供に共通な、おどけた愛らしさにほほえみながら、私はパクリとそれを口に放りこんだ。なにかが、歯にかかった。つまみだしてみると、鳶色がかった烏賊の嘴である。くいあっている上嘴と下嘴、子供のころ、その一方を鳶と呼び、一方を烏となづけた、それに似た形をしているのである。烏賊がちいさいので、見分けるのが困難ながら、鳶も烏も、そっくりの形をして、まぎれもなくちゃんと抱きあっているのであった。

山川の寂寥がバトパハぐらいふかく骨身に喰入るところはなかった。

夜のふけるに従って、冷気がしのびよってきた。ふたたびかえる日ののぞみさえつながれぬ切々とした哀感にとらわれながら私は、一枚一枚数えながら、銅貨二十枚の米粉代金を、卓のはしに置いた。

その咄嗟、私のいる横手から、老爺の皺だるんだ、斑点だらけの手が熊手のように突き出された。指の先から黒い爪鉤が二寸ほど彎曲してのびていた。私の食べのこしの丼のなかのものを、竹の皮を出して、そっくり、その手でさらえこんでしまった。
吃驚《びっくり》して私がふりむくと、私の思惑をかねるようにして、おどおどと逃腰になりながら一寸手を休め、私が叱りつけないとみてとると、猶、図々しくそのしぐさをつゞけた。おそらく、私の喰べ終るまで、私のうしろにいて、じっと待っていたものにちがいない。老人の喉仏は、三角に尖ってとび出し、呼吸をするたびに、ひゅうっと音を立てるのがきこえた。

(註) 1、香料の入った冷茶。
2、流行唄の本。
3、王母をまつった社。

虹

懐中電燈、安香水、石鹼、ひらき袴の運動シャツ、歯楊子、セルロイド製の櫛、薔薇《ばら》の花や鳥をえがいた印刷の洗面器、派手な格子の絹ハンカチーフ、大型な魔法壜、等々……馬来人にとって、そういう品物は、文明の魅惑なのである。

それが、カンポンから、密林のなかから、かれをおびきだしたのであった。バトパハへ出れば、一つのこらず、そういうものが取揃えてあるからだ。

彼らは、支那の商標を貼った日本品を[*1]、上海工場の粗製品、模造品を[*2]、胸ときめかしてあがなうのである。森林や、水沢のはるかなかたにいて彼らがバトパハを憶うとき、うき雲にも、水のいろにも、にぎやかな洋品類の明るさを夢にみるのであった。

彼らがむだ銭を捨て、伊達《だて》ものを気取ったのも、一むかしの夢で、いまの彼らには、売って値になるものならば、身の皮を剝いてもその日の糧にしなければならない仕儀なのだ。売らねばゆきたゝぬ華商の側も破産を目のまえに、馬来人たちは子供のように店先に立ってながめくらすばっかりだし、商品は毎日いたずらに厚ぼこりにうずもれてゆくばっかりだし。

ハーモニカ、ヴァヰオリン、ギター、マンドリンなどの楽器類、アルミニュームの匙、洋燈や、コップ、板硝子、ラムネ壜、自転車等々。

英語しか話そうとしない、いぎりすかぶれの気障《きざ》な馬来人や、スラーニー（混血児）達のように、根のない性格には、うつろいやすいはかなさがある。また、軽薄なものだけがもつ明るさがある。

馬来人をかたるものは、かれらを、蓄積心のない、遊惰な民だという。短智で、享楽的で、鼻っぱしらがつよく、怒りっぽいくせに、潔癖をもっていない。概して天寿が短かく、衛生的観念が少い。たかい精神生活への希求がない。銭使いが荒く、あすはあすまかせの、無成算である。食言が多くて、信用ができない。システムのある大きい仕事ができない。道徳観念が荒廃している等、等である。それに対してかれらを弁護するものはいう。馬来人は、いっぽん気で、はらがうつくしく、金銭利害に恬《てん》淡《たん》としている。同宗旨の人間は、一家とみなしているので、一飯の饗応は誰にでも惜しまない。かれらほど、生をたのしんでくらしている人間はない。仕事は午前中で、あとはたいていは昼寝をしたり、よりあつまって楽器を鳴らしたり、おどりの稽古をしてあそびくらしている。そのほか、愛情がこまやかで、気がさくい。

まったく、馬来人といえば、全部が全部、細民といってもいゝ。貧農か、小使《ジョンゴス》か、園丁《コボン》か、自動車の運転手か、出世がしらがせいぜい、巡査か、郵便局の傭員である。皮膚のいろは、ずず黒く、蒼く、唇は厚く、扁《ひら》べったく、顴骨が突きだし、肩はゞひろく、背が低く、近よると、椰子油《カラツパ》と、人糞と、ひなたくさい臭いがぷんと鼻をうつ。男どもは、白シャツと裳《サロン》で、黒い烏帽をあみだにかぶり、女たちは、裳、上着《カバヤ》に、スレンダンをかつぎ、耳飾、胸飾、手くびや、指にまで、景気のいゝときには、黄金《きん》でかざりたてる。サロン一つでも、二弗《ドル》の捺染《なつせん》から、五十弗《ドル》、百弗《ドル》する本場の爪哇《ジャワ》[*3]の蠟纈《ろうけつ》更紗もある。ゴムの好況時代、このへんの百姓たちは、しごとの片手間に植えつけたゴム苗でゴム乳を採り、もよりの工場で精製してもらって、市場に出して金に換える手間ひまかからぬしごとの味をしめた。だぶついたかれらは、バトパハにでては遊びあるく、美食と無駄づかいをおぼえた。ゴムの悲況が来たとき、かれらは無一物になっていても、にわかに癖を改めることができないで、どんづまりまでいってしまう。百姓達ばかりではない。ゴム相場の上下によるくり返しで、解雇された苦力たちが氾濫する。百姓から、苦力へ、浮浪人へと、かれらは三段に顚落の途を辿る。

　百姓たちのゴム園は、抵当流れの形で、印度人の金貸業チッテの手に収まってゆく。強慾非道でならした猶太人も、奸譎《かんけつ》なベンガル商人も、アラビア人も土民に烏金を貸しつけて肥ってゆくチッテのやりくちには三舎を避けるという。

　バトパハの人通少い街はずれに、チッテの店があった。濡れいろのリノリウムを敷きつめた、なにもない店先に釈台のような金箱が一つ据えてある。その金箱を前にして、往来にむいてチッテが坐っている。まるい坊主頭、剃髯あとの黄ろい陰険な顔。白い僧衣のような寛衣をまとうた主人のそばに、おなじ白衣に、白い土耳其《トルコ》帽をかぶった、眼の窪んだ手代が、趺坐《ふざ》している。低い声で話しているのが、ぶつぶつと呪文のようにきこえる。チッテたちは、その白衣姿で、どこの家の門口にも坐りこんで、居催促をするのだという。そこだけ瘴気でもたゞよっているような、ひややかな店をのぞきこみながら、私はよくその家のまえをいったり来たりした。

しかし、このごろの大不況、ゴムの底値まではチッテもさすが目が届かなかったのだろう。巨万の金のかたにとったゴム園が、二足三文の時価に下落し、地代はかさむ、手入れは要るで、自縄自縛に陥っているもののも少くないという。馬来人たちの生活の苦しさは、それによってみても想像がつくように、深刻である。借財の重荷を背負って一家は離散し、女たちはながれ、男共は、前借で身をうり、籐《ロタン》と、私牢の待っている蘭領の奥地開拓につれられてゆく。カレーはおろか、塩辛い干魚《イカン・キリン》も、椰子油でいためた莢豆や茄子《なす》、芭蕉《ピーサン》の葉で蒸したロントンさえ、おごりで口へは入らない。バトパハには、なおかれらの胸をときめかす、時計やオー・デ・コロンやコスメチックの店ざらしが、招いでいる。

だが、それは、うつくしい虹なのだ。手にとってみることのできない空の繁華にすぎないのだ。

永官碼頭のほとりから、裸虫どもがあつまっている青物市場のうしろをぬけ、軒廊のあるしずかな通りを私はあるいていた。ふと、一軒の支那人貴金属商の店先を通りかかった。鶏のような、すじばった裸足の老婆が、純金の腕環を売りに来て、白シャツ、ちゃん刈の番頭が、それを無造作に秤《かんく》にかけ、秤が錘であがりさがりし、ゆれるのを、不安そうな大きな眼でながめていた。それとみながら、心にも止めず一足二足ゆきすぎてカキ・ルマの漆喰柱の下をみると、その腕環の所有主でもあろうか。濃紫のスレンダンをまぶかにかぶり、両腕で胸をかい抱くようにして、どことなく品位のある女が、ゆくひとの目をはゞかり、零落のわが身をかこつように、じっとしゃがみこんでいるのであった。青黒い隈のある、奥ふかく濡れたようにかゞやく眼が、おずおずとして私の方をみあげながらも。

（註）1、排日の際も、ベンガル商人が後門からのブローカーをやって日貨を華商にうりこんだ。
2、上海工場の粗製品の他に陳嘉庚のシンガポール工場製品があって日貨と争っていたが、問題にならない。
3、爪哇ジョクジャ、ソローが本場。

ペンゲラン

ペンゲランにゆく蒸汽船にのりこむ舢舨《さんぱん》がシンガポールの海岸通りの市場の横から出る。切符売場の小舎と、待合のベンチが、そこにあった。

時間があるので私は、そのあたりをぶらついた。船頭や、荷役あいての屋台がならび、炎天で、手の甲や、みずおちにいれずみのある男たちが、豚の臓や、煮しめた魚菜で、戦争のようにめしを食っている。回船問屋や、舟宿の軒をならべた片側町、片側はぎっしりと戎克《ジャンク》船がついて、おかから舟、舟から舟に、わたり板でつながれ、舳《へさき》と艫《とも》と帆檣の、そこも殷賑《いんしん》な水のうえの巷をなしていた。だが、人通りすくない時刻である。黄ろいころもに、黄旗をもったあご髯のながい乞食道士が、鉦をたゝきながらあるいているだけ。

「火興発」の提灯をさげた爆竹屋前の軒廊に、漆喰に頭をもたれてねそべりながら、老人が阿片を喫っていた。髑髏《どくろ》のかたちが、からっぽな椰子の実とそっくりだった。たるんだ一枚の皮膚が、骨に縋りついているだけの手足だった。シンガポールでは、中毒の証明のあるものだけには、阿片配給所《チャンド・ハウス》から定量だけうりわたされるのである。老人の銜《くわ》えている煙管のそばには、彼のいのちともみえる豆ランプがおいてある。波のてりかえしや、檣のあいだにみえる鱗雲の、くらくらする光のなかで、豆ランプの火屋《ほや》のなかの小さな火は、それとながめていても、みつけることがむずかしかった。

新聞社のK君が、道草をしている私をさがしにきてくれた。じきに、舟が出るという。ペンゲランまでこの人がおつれになるといって、ヘルメットの中年の小背な人を私にひきあわせてくれた。ペンゲランの山の旦那《トワン》の頭髪を刈りにゆく床屋さんだということは、あとでわかった。その床屋さんは、シンガポールで二階がりをして住み、ペンゲランには月に一回、他に、ジョホール河沿いのゴム園に出向いて商売をしているのだった。おかみさんもまだという話だった。ペンゲランは瘴癘の地ときいていたので、ポンポン蒸汽にのりこむなり、ようすをたずねると、「蚊に喰われなければ大丈夫です」と、太鼓印をおしてくれた。蚊に喰われないということは、それほど容易なことではない。蚊防香水や、まさかのときのキニーネを用意してきたと話すと、床屋さんは気の毒そうに、「そんなに心配なさいますな。ちゃんとお医者様も居られます」といった。熱帯の幻覚のようなシンガポールが遠ざかっていった。芥屑のように舟のちらばった港が、ばらばらにおしながされていって、たかまる波がふくれあがって大きな硫黄の塊《かたまり》のようにおもえた。

タンジョン・カトンを左にみて、シンガポール島を東へ片廻りすると、ペンゲランの山巒《さんらん》がみえそめる。ヅックの日遮い一枚で、陽のまわる方の照りつけがはげしい。手の甲ににじみでた汗が、水玉になってころがる。乗込んでいるのは馬来人と、市場がえりの支那人たちである。床屋さんはしきりに、ジョホール河の鷹猟のはなしに身を入れる。その鷹が剝製にしてじぶんの部屋にかざってあるから、シンガポールへかえったらぜひ来てくれなどという。博物館でみた、妙に白っぽけた、羽のぬけた鷹が記憶にうかんでくる。老人の煙鬼のそばにあった豆ランプが、どうしても私の頭をはなれない。激しい光線《ひかり》と、おびただしい生命のなかにまじって、たあいなく消えてゆきそうにともっている私自身のいのちが、かなしく、こゝろもとない故ともおもわれた。もえつきた薪のような老人の骸骨が、いつまでも私のこころのなかにふすぼっていた。

山かげに青々とやすむ水上に、桟橋を架けて、ペンゲランの舟つきの水亭がかげを落している。

カーキの半ズボンをはいたジョホール州の税関吏が、上陸するもののもちものをしらべる。私たちの荷物は、ほんの形式的にうえからさわってみただけで通す。桟橋の裾に、二三台のトロッコが待っている。トロッコのうえには板をわたして、それに人が腰を掛けるようになっている。膝を没し、丈を越える雑草のあいだに、トロッコのレールが、よろよろになってつづいている。カンポンや、山に通じる。それが唯一の交通機関である。

えゝ、えいと、掛声をかけてトロ人足が、次々にトロを押しはじめた。トロッコの四すみには、大束の蚊取線香が立ててある。線香のけぶりは渦になって人をいぶしたてるかとおもうと、風に吹きちぎられてあらぬかたになびいていった。枯草や矮樹のなかにところどころ、砂地や、水たまりのある荒廃した平地をトロは走った。路がくだり坂にかかると、トロを押していた人足どもは、すばやく飛び移り、惰性を利用して、次の勾配をのぼりきる。ながい竹棹をつっぱって、舟をやるようにしてすゝむところもある。すくすくのびた芽椰子や灌木をわけて、車は、灼けたレールをがりがりいわせて辷った。

路がせまり、海がみえてきた。それからは、海ちかいところばかりを走った。海げしきは、眼のとゞくかぎり泥の干潟で、浚《さら》いあげられた黒っぽい洲のうえに、マングローブ樹が梃くれた枝をはり、立ったり、ねたり、しゃがみこんだりしていた。もりあがった根が、籠を編んだように、たまり水や洲のうえにからみあい、あらいざらいを曳きあげてみせているのであった。満潮のときは、そこまで海に没するとみえて、下枝の葉まで泥が、灰色にかわきついていた。逆象になったくろぐろした部落があって、ボートがひきあげてあった。

晴れているのに、なにか蝕まれているような天のくらさで、樹のあいだになまり色にうすうすと照る干潟のはてに、茫とした海づらの一線が、くすんだ鶯茶でうかび出ていた。みるからにものうく、かなしげな風景であった。風景いちめんに、くろくさびた銀箔をおいたようにマングローブの葉が打ちひろがって、その葉から葉、枝から枝へ、数しれずとびかわす翡翠《かわせみ》の翼が、小さな虹の立ってはきえるようにみえた。

戸数百戸ばかりのペンゲランの部落についた。

三五公司第三園のいり口である。土人や、支那人の店にまじって、山の人あいての邦人の雑貨店が二軒ある。乳首ぐらいな墓石のならんだ土人墓地の裏山に、ゴム山の日本人クラブと、離ればなれな舎宅のアタップ屋根がみえている。

クラブで、私の起臥する部屋は、バンガローの粗末な板壁の一室で、蚊帳をはった支那風なベットに、籐枕がころがしてあった。ペンゲランを訪ねる高貴人、猛獣狩で名だかい侯爵も、みな、このベットでねたのだと説明された。ペンゲランはジョホール河沿岸につゞき、サンテイから、無限の大密林とくっついているので、猛獣狩にはかっこうな土地だ。某の貴族が猛獣狩の目的でここを訪れたとき、賓客をもてなすために、クラブのヹランダの周囲に、山からさがしてきためずらしい蘭の鉢を釣しならべ、馬来料理をシンガポールからとりよせ、夜は篝火を焚いて、ドンゲン踊をもよおして、大いに饗応した。あくる日の猟に、万一、獲物がなくて興をそいではならぬというので、思案の末、大きな豕の毛を焼き、皮をすりむいたあとへ泥をなすり、猪に仕立てて、よい機会に勢子に追い出させる手筈まできめた。

幸い、大鹿一頭がとび出してくれたため、豕太夫は登場せずにすんだということだ。

当時、案内役をつとめたという旦那《トワン》が、ヹランダの正面入口のうえを指さして、

「それ、それが、そのときの獲物ですよ」

というのに、振りかえってみると、大きな鹿の枝角が、一対に組みあわせて木の台に植えつけたまゝ、高いところにかざりつけてある。ヹランダの一方の鴨居には、大きな写

真額が三枚飾ってあった。二枚は、山の風景写真、一枚がその時の狩猟の記念撮影であった。猶、トワンに説明されながら仰ぎみると、勢子や、山の従業員、シンガポールから随行してきた領事館員などにとりかこまれて、品位高く、血統のよいその人が、鹿の死骸のうえに鉄砲の台尻と、片足とをのせて、斜に身をそらせ加減にしてポーズをつくっているのであった。

夕ぐれからは、クラブも、社宅も、人のいるところは、防虫の煙で濛々とたちこめている。ヹランダに椅子を出してすゞんでいるときは、身の周りの四隅に、渦巻線香を立てなければならない。それでも猶、籐椅子の編み目のなかに迷いこんだ蚊がわんわんないている。

山の事務所の人は、毎日、溝という溝には石油乳剤をまいて絶滅をはかっているから安全だが、事務所から配給する線香や防虫剤は日々二十弗《ドル》を費すという。仕事の終った旦那達が、床屋さんに髪を刈ってもらうために、ヹランダに集ってる。床屋さんは一晩泊って翌日、シンガポールへ帰ることになっていた。頭を刈ってもらいながら旦那たちは、きょう、ペンゲランの山奥のサンテイの事務所から、病人をみにいったドクトルがもどってきた話をしていた。ドクトルはかえってくるなり、瘧をふるってねていることや、ドクトルがみてきた奥のゴム林が、野象の襲来でおし倒され、被害をうけた話をした。淤水《おすい》のなかに棲んでいるとばかりおもっていたマラリア蚊アナフレスは、山の人の話によると、澄んだ止水のなかにしか発生しないということだ。芭蕉の葉筒にたまった雨水や、クロトン*1の葉が蠑螈《いもり》の腹をかえしたように鮮かに沈む、山間の水たまり、樹蔭のすゞしい水のなかから湧く。背が青々と、若鮎のごとく空中をいきいきと游ぎ、止まるときは尻をたかくあげるので、それと識別されるとのこと。話をきいた後、耳をすませると心なしか、執《しゅう》ねく、甲高いやつらのなき声が、夜闇の山林の奥をさまようのが、きこえてくるようであった。十里離れていても、その声は一すじになってきこえてきそうだった。人間の生血をもとめ、生血に導かれて、それほど遠くないゴム林のなかまできて、遠まきにして喊声《かんせい》をあげているようだ。いや、もう、そのへんにまぎれ込んで来ているのだ。ヱランダのまわりをまわりながら、いがらっぽい煙幕を貫いて、ながい針をいかにして、私に届かせようかと機会をうかゞっている。私の手や足に、まるで水晶にでも触れるように、冷っこくさわる。どうすればいゝのだ。そのうち私のからだはがたがたふるえ出すだろう。私の血が濁って、黒くくさりはじめるに相違ない。

たずねてみると山の旦那達は、マラリアにかゝらない者は一人もないという。私の恐怖が、われながら常識外れたおおごとらしく思われてきて、なあにえらいことではありませんよという、彼らのこともなげな言葉に、なぐさめ、はげましをもとめ、こゝろを据直さんと、力めるのであった。

一九三一年九月、ペンゲランの支那苦力たちの同盟罷業があった。

それは、ペンゲランゴム園始まって以来、空前絶後の大珍事で、旦那達も全く経験がないこととて、どう手をつけ、どう鎮圧してよいものやらわからなかった。とも角、女子供達は、一先ず避難させずばなるまいということになり、一所にあつめおき、屈強の人達が実弾をこめた銃を手に、苦力達をクラブ前の広場にかり出して整列させた。一列に整列させられた苦力たちは、唇の色を失い、わなわなとふるえて、訊問に答えられずへたり込んでしまうものが多かった。罷業さえすれば賃銀が高くなるときかされて、その気になって加ったまでのことで、こんな怖ろしい結果になるとはしらなかったと、おいおい声をあげて泣き出すものもある。旦那達も、訊問しながら、うわずっているので、わけもなく発砲したくなるおのれを、必死に冷静にひきもどして、ひきとめなければならなかった。

注進によって程なく、ジョホール河上流のコタテンギというカンポンの警察署から、武装した馬来巡査の一隊数十人が鎮圧にのりこんできた。すでに事件はその前に終了していた。ストライキの煽動者は、シンガポールからわたってきた共産系の広東人であることがわかった。罷業の恐怖が骨身に沁みた苦力達は、この事件以来、外からの煽動者を極端に警戒し、怖れている。

ペンゲランの苦力達は支那人が多い。工場でも支那の娘達を働かせている。ヒンヅーもいる。センブロン、スリガデン各園では、馬来苦力を使役している。苦力賃は、馬来、ヒンヅー六七十銭に対して、支那人一弗二十銭の割合であるが、苦力頭《マンドル》による請負制度で、支那苦力は仕事の能率が倍あがる。支那人は豚《バビ》を食うからだと馬来達は軽蔑をこめてたゞ一口に云ってのける。ヒンヅーは、イギリス政庁が奨励して旅費まで出して大量な出稼人を輸出しているが、労働法による賃銀最低額の規定や、衛生設備の註文など、条件がやかましいので、日本人ゴム園では敬遠しているところが多い。事務所の人に案内されて、私は、トロッコでゴム園内をみてあるいた。センブロン、スリガデンと較べて著しく目立つことは、ゴムの植付けてある土地が、山地の傾斜や、磽确《こうかく》の地であること、幾何学的に整頓していないで多分に野生的であること、一体に木が痩せていて、いたいたしく先がくびれていることなどである。土地も悪いが、はじめに苛《いじ》めて、乳をしぼりすぎたためであるという。到着の時、水亭を翳にして映っていた山巒が、樹林のあいだからお額《でこ》のように突出てみえた。初音山という名がついている。社長がつけたもので、何年目かに社長はこゝを訪れて、山駕籠に揺られて現場をみてあるくのだそうだ。トロで戻ってくる途ではや陽がかげっていた。山林の内ぶところはくろぐろと呼吸《いき》づいて、海底に大きな鱶でも住んでいるように、夕霧が梢のあいだを迷いあるいていた。ごろごろ地轟をさせながら、前方から荷物をうずだかく積んだトロッコが、えらい勢いで近づいてきた。トロッコの隅に三人の屈強な支那人苦力が便乗し、荷のうえには中年の支那女が、黒い短袴の足をふみはだけて乗り、こちらにむかって何か大声で挨拶をしていった。

——女の苦力頭《マンドル》です。したゝかもので、あいつにあっては、苦力達も叱りつけられてちゞみあがるから可笑《おか》しなものですね。

と、事務所の人にきいて、ふりかえると、トロはもう、夕闇のなかにうすれ遠ざかっていた。その夜、裏山をのぼって、現場旦那《トワン》の社宅にあそびにゆく。若い独身の旦那で、山ぐらしの人にめずらしく酒ものまず、道楽は読書であった。社宅は、山の背にあるので、ヹランダから見おろす夜の海は、ペンゲランが岬になって突出た丁度うしろ側の海で、外海のつよい風が、ボーイが釣ろうとしてはこんで来た洋燈を二度もふき消してしまった。日本から来る船が、このへんで始めてみる陸地は、此処だといって、感慨ぶかげに海をながめ、あなたが日本へかえられる舟も、多分こゝで、僕が見送っているかもしれませんよと、つけ加えた。星のうすい晩だった。クラブに帰ってきて寝に就くと、室のしたの床柱に、ずしんずしんひゞくほど強くぶつかるものがある。私は、驚いて起きあがって、咄嗟に、支那人ボーイを呼びにいったものか、どうかと惑った。ふっ、ふっというあらい息づかいがきこえ、しばらく休んでは又、ぶつかる。バンガローが、みしみしときしみ声をあげる。猪《バビ》だと気がついた。私は、からだを元のようにベットにおき直して、眼をつぶった。

海を見ようと思って私が早朝、事務所へ下りてゆくと、うすい下シャツ一枚に汚れた白ズボンを穿《は》いた男をかこんで、事務所の人達が話をきいていた。琉球人の漁夫*2で、シンガポール沖合いの、こゝから二里ばかりのところで舟がこわれ、泳いできたのだと云っていた。疲れないのかと傍からたずねると、陸を歩くとかわらぬと答えた。鱶が多いから怖ろしくないかときけば、鱶は怖ろしくないが、海の底を歩いているとき、うっかり足を硨磲《しゃこ》に挟まれたら大変だ。足を切落さなければ助からないと語った。澳門の沖で難破したとき、十日間漂流して支那の海岸に着き、人の住まない海べりを猶五日もあるいたときのことを話した。そのとき、じぶんの着物の襟垢をなめてしのぎながら、これほどうまいものはないとおもったという。硨磲の話から、漁夫は、自分で採集した大きな硨磲――貝釦の材料にする――が二百個ほど、シンガポールの住居においてあるが、安い値でひきとって貰えまいかと交渉をきりだした。支配人は、個人としてそんなものを買う気はないし、事務所としても引取るわけにはゆかないといって拒絶した。これた舟は、会社のモーター・ボートに曳かせて、シンガポール島のチャンギまで引戻してやることになった。琉球人をモーター・ボートまで連れてゆくトロッコに私も一緒に乗せていってもらった。ペンゲランのカンポンのいりくちでトロッコを下り私は、琉球人や、彼を案内する事務所の人と別れた。

まだ、ほんとうに明けきらないような、いちめんに霧《ガス》のかかった、摸糊とした海であった。

お白粉《しろい》にまみれたマングローブ樹の葉のあいだに、魚眼のような空の仄あかる味がみなぎりながら、海景がひらけていた。夢の悲哀のまゝなる景色だった。さめぬ前に、はやくも疲れ、じっとりと汗ばんで寝ているようなしずかさであった。カンポンのはずれの、海のみえるところにある支那人の珈琲店に休んだ。まだ朝食をたべていなかったので、ピーサン・マスの幾房に珈琲の食事をとった。蚊がひどかった。しかし、すでに私は二三日の山泊りで、山の人たちとおなじように、あれほど神経を尖らせていたアナフレスも、黒水病もそれほど気に止めず、手や足にとまる蚊を反射的に追いはらっているにすぎなかった。床店になって、唄の曲本らしいものを四五冊ならべて売っていた。『薄命花』『紅蓮寺』などと表題のある、うすっぺらな絵入本を、私は手にとってひっくり返してみた。ふと、おなじ軒先に、十二三歳ぐらいのきたない支那の小娘が一人いるのに気がついた。茶っぽい髪の毛を編んで、赤い糸で結んで両耳のうしろに垂らし、私が注視しているのをすこしも気づかぬ様子で、ながい睫毛の、切れながな瞼を伏せ、青ずんだひょうたん腹を出し、臍の横ちょの皮を指でひねって、一匹の虱を取った。そのひょうたん腹のような、うっすり照りはじめた海づらに、指で寄せた一すじの皺のように水脈を曳いて、一隻の汽船がシンガポール港を出で、はしっているのがみえた。

昨夜の鼻を一巡りするつもりで私は、椰子のながい廊下になっている、まだ行ったことのない海岸づたいの砂ぼこ路をあるいた。カンポンのはずれで、バラックの小学校から、子供達の復唱がきこえてくる。福州人の学校である。唐桐《とうぎり》の花ざかりの、趣のある土民官吏の住宅がある。砂地のひろがったところには、床の高いアタップ葺の民家が二三軒あり、小舎のまわりの広場《にわ》で、老人が鉈で、椰子の実を二つに割っては並べている。乾して、コプラにするのである。八つ乳房をもった女神《めがみ》のような椰子の実を、ながい棹でたゝき落しているものもある。

泥洲や岩礁で、どこまでも浅い海は、魚を追いこむ簗《やな》や、舢舨《さんぱん》や、ごみや、ちかちかする虫介のような光の反射で、見渡すかぎりしろっぽい擬皮《うすかわ》をはった水面が、ひっつりだらけになっていた。そのはてに、シンガポールが、鉄屑でも引っかきあつめた如く、乱雑に、それも煤煙のためにどんよりとくらくなっている。

朝のうちの若々しい、鋭い光線が、ふりあおいでみる、高い椰子の梢を、縦横無尽に突刺し、たがいに斬り返しあっている。じっと凝視《みつめ》ていると、光の洪水のなかで、まっすぐな幹を軸に、車の輪のようにみえる椰子の枝や葉が、蒼穹と海をあまかけり、私の頭上にあたって、あたかも鉄橋を轟かせて驀進する大汽鑵車のように、たちまちくずれかかってくるようにおもわれるのであった。光の暴威、一日の暑熱のはじまりにむかって、私は、畏れと、嫌悪と、憤りを感じ、耳をふさいで下をむいた。熱砂のうえには、拇指をつっこんだような穴がぼこぼこあいている。一つの穴から曳きずり出され、車えびのようなものが砂まみれになってつぶされていた。しさいにみて私は、舌をふるった。ながさ五寸以上もある大きな蠍《さそり》である。

岬の突端をまがるとにわかに風あたりがつよく、風物がひどくすさんでみえる。

樹も草もひれ伏し、白枯れて、からからに乾いていたし、海も遠くの方から蹴散らされて、みんなで白眼をむけているごとく思われ、久しくそのまゝで止まっていられそうもなかった。岩礁の蔭に、厠ぐらいな小さな小舎があった。そこから人のうめき声がきこえてくるので、さしのぞいてみると、一人の馬来人が土間にあおむけになり、額から脂汗を出して苦しんでいた。瘧をふるっているのであった。生憎、ポケットをさぐってみてもキニーネの用意がなかったので、一刻もはやく、近くのカンポンの者に知らせてやるために、そこから引っかえすことにした。海水が路を越えて、低地に沼沢をつくっているなかに、裂けた芭蕉や、赤くなったニッパが密生しているところがあった。辛い水のなかから、いまうまれたばかりの溌剌新鮮な蚊が、かぼそい、たかいうなり声をあげてまといついてきた。いつのまにか陽がかげって、沖あいから夕立雲が競って、身をせりだしてきていた。どこまでもつゞく遠浅の沖の方に、馬来人が一人、黄ろい裳《サロン》をたくしあげ、釣竿をもって、浅瀬をひろって歩いていた。

胎児のような顔つきをした、灰白の鮫の子を釣りあげるため。

（註）1、美葉植物。

2、在南邦人の内、琉球漁夫はシンガポールだけでも一万人を数える。

スリメダン

鉄

一

——やつは、三五公司の雇人夫頭で、わしらのしたにいて、埒もない奴じゃったが、兄貴というやつがぬけめない奴で、それに話して、毛唐の掘りちらしたろうず山を買ったのが、いまのスリメダンですや。天運というやつだけはわからんやつで、そのろうず山をやつらの手で掘りだすと、花咲爺や。もう、ゴム山をおしのけて南洋はやつの天下や。シンガポールの日本商業会議所の会頭や。あののんだくれが。せんだって山にきおったとき、どいつもが、ちゃらちゃらしくさるのがけたくそわるいので、おい、どないしてるねえ、とせなかをひとつどやしてやったねや。

ゴム山の人が晩酌のあとで、愚痴ともつかず、くどくどいっていた言葉である。そのときめく石原の「鉄」の現場へ、私はけちな行商の目的で、バトパハから鉄の会社の短艇《ランチ》にのりこんで遡江したのであった。


夾竹桃の花のいろの蹠《あしうら》が、てのひらのようにぴちゃり、ぴちゃりと、窓のそとのふなべりの桟をかわるがわるにぎっていった。馬来人の舟夫が、バトパハ河の川上、センブロン河とのわかれみち、シンパン・キリの水駅の杭を手で押して、——その手のひらはまた、あしのうらのようにあつぼったい——舟を送っているのであった。

機関が、ぱつんぱつんといいはじめ、右の岸寄りにすこしかしいで進みはじめると、陽照りのじりじり焦げつく船尾の板のうえに舟夫は、平気であおむけにねそべった。巻いた綱具の濡れたうえへ、掌のような足を投げ出し、足でつかむように不器用に、たなぞこのあいだにハーモニカをおさえて、吹きはじめた。

そらは青く、水はまんまんとニッパ椰子のしげる岸をひたして、押上げていた。

水のなかで枯れ、立ちぐされになった零落のニッパの一群落が、痛すぎる光のなかで、血だらけなガラス管や、薬壜のように、かけて、ささって、きらきらして、それをながめてすぎる私の眼球を、怪我だらけにしてゆくようにおもわれた。船艙の入口の屋根から、胴切にした魚が、藁でしばって釣してあった。その魚肉の白い切り口が反《そ》って、船艙の入口からみあげる澄んだ青空にうかび、その青空にじかにふれて、私の肉のきりくちでもあるように、ひりひりと冷っこかった。いつまでも一匹の銀蠅がつきまとっていた。割ってコプラをとったあとの椰子の実の殻を敷きつめ、路にした、板がこいの水駅をすぎた。どすぐろい水が河に流れこんで、泡沫のうえに、埃のような羽虫が舞っていた。このあたりから樹木はせまりあい、繁茂をおしわけるようにしてのぼってゆきながらふりかえるとこずえのひらけたところから、雨季、雨あがりの川しもの空が海ちかく放たれて、遠くのにぎやかさのようにながめられ、みずあさぎのなかに、ちぎれ雲が白い碁石を二列にならべていた。沖あいの本船に鉱石をはこぶ、見あげるような荷船《トンカン》がすれちがった。船べりに、印度人の舟夫がならんで突立っていた。

いくつかの舟つきにとまった馬来人の乳母《アヤ》が、日本人の子を抱いてのりこんできて、つぎの舟つきで降りた。まったく浸水して、屋根のういている部落《カンポン》もあった。支那人が、船尾の板の間へこんろをはこんで、火をおこし、油鍋をかけて煮立てた。藁でつるした魚をおろすと、じゅうと、その油のなかに落した。魚はぷしぷしいいながら焦けちゞんだ。手際よく魚を丼にうつすと、まだふすぼっている油鍋をふなばたからおろして、それで川水を汲んではゆすいだ。黒水のくさった尿のようなその川水を。

バトパハとスリメダンの中間にあるパリスロンの駅へ着いた。

この駅は、ムア街道[*1]と川すじとのぶっちがいになったところで、川すじから街道へ出る人、街道から入りこんでくる人々で混雑した。苫舟や、刳木舟や、筏などが、川づら狭くもみあい、止まっているよその短艇の窓から、役人とその一家族らしい、ヘルメットのいぎりす人と、淡ばらいろの衣服をきた、赤く日焦けした女達の顔がのぞいていた。

十分か十五分はこゝに停泊するというので、人人といっしょに私も桟橋にあがった。桟橋はながく、竹の床を組んで、泥洲のうえを奥へ、小半丁もつゞきその片側に、舟待の人あいての休み茶屋が軒を並べ、騒々しくのゝしりながら客をひいていた。雑鬧《ざつとう》してその前をゆききする人のあたまが、軒先につるした芭蕉《バナヽ》のすゞなりにぶつかり、それをおしわける。印度人の珈琲店に私は休んだ。回教徒の家のならいで、コーランの一句を美くしい花文字で画いた扁額や、タヂマハル宮殿の油画などが、ところせまいまでに架けられてあった。皿にのせた芭蕉《ピーサン》二本、熱い珈琲一碗をもって、口髯いかめしくはねた亭主が近づいてきた。

――旦那《トワン》。やっぱりスリガデンの御方で。炒麵《ミー・ゴリン》がまだ充分、時間にまにあいますが。

――いらない。

――では、煙草《ロッコ》はいかがで。

柄にもなく、商売上手にすゝめる。舟のなかからしのんできたので、厠のありかをきく。店のうらの納屋のなかをぬけていった。丸竹をならべたゆかが、苔でぬれて、ぬるぬると辷るうえを、危うくふみしめて歩いた。うすぐらい片隅に、古い甕《かめ》、荷車の輪などがつみよせられ、紙袋のように皺《しわ》くちゃになった石油鑵に、飲用の清水がなみなみとくみあげられて、十個ばかりもならべてあった。

納屋のそとへ張出した竹床のうえに、白いトルコ帽の若い男が、しきりに鉈《なた》をふりあげて薪を割っていた。私は、竹のてすりにつかまって、川水とニッパ椰子のなかにばさばさと放尿した。そこには、あちらこちらの家の厠がおなじ水にむかってあつまっていて、その厠のあいだから、遠く、枯椰子の赤さびだらけな林がちいさくならんでみえていた。その林のうえがうすぐらくぼかされ豪雨がおりているらしく、縫針ほどの稲光が光った。

薪割の男は、手をやすめて腰のあいだにはさんだ古い新聞のきりぬきを出して、私によんで、その意味をきかせてくれといった。

ベンガル州の知事が、印度女学生にピストルで狙撃され、ふすぼったピストルを手にしたまゝ、女学生は逮捕された。

という英文記事であった、彼は、一一うなずいていたが、

——じつは、これで五度、旦那のような方によんでもらうんです。

といった。その新聞紙をかえすと、又、丁寧にしまった。私がそのまゝ立去ろうとすると、よびとめて、

——旦那、煙草《ロッコ》一本。

と、にやにやわらいながら、ねだった。


パリスロンをでると、蕭々として雨がふりはじめた。

えびがらいろに塗った回教寺の礼拝堂が、カンポンからはなれた水ぎわの森のなかに立って、ぬれにぬれながら目のまえを過ぎてゆくかとみれば、役者のようにうつくしい立木が、水にうつる我姿にほれぼれしているほとりをそっと過ぎた。

山峡ふかくわけいるに従って、雲烟はちぎれ、つぎはぎに山肌をかくし、いま嵐が流れるかとおもえば、たちまち、矮木のしげみのなかに、阿古屋貝《しんじゆも》をひらいたように、く

すぐったい陽炎《かげろう》がくぐり、扇子を投げるあそびのように舟に先立って翡翠《かわせみ》がとんだ。

山と山とのあいだを迂回、屈折して遡江してゆくことが、金いろにくさった苔や、黴《かび》を、一つずつめくりとってゆくようにおもわれた。毒蛾のうろこ。腫物のうずき。妙にぎらぎらした山の緑をのがれでると、風景はにわかに開放されて、まばらになって、水にういている水草や、玉蓮などが、近々と空へ水を押しあげていた。

その前面に、高櫓がみえ、高櫓をかこむ荷船のなかに、どっと鉱石を辷りこませる音がきこえる。

スリメダンだ。

(註) 1、ジョホール・バルからムアへゆく街道。ムアはバトパハの次の西海岸沿の市、英人ゴム園の根拠地。

二

バトパハの街でさえ、まだ、電燈がなく、洋燈《ランプ》ともしたり、アセチリンを燃したりしているのに、スリメダンの山奥には、山腹のどこの宿舎にも電線がひっぱられて、夕暗のなかに一せいに電燈の花がさいた。むろん、鉱石積出しトロッコの運転や、桟橋の荷船《トンカン》積込みの作業のために、発電所を作り、電力装置を設備したものである。

晩餐は、独身者の従業員達だけが、クラブにのこってとった。彼らは無聊に苦しんでいることにかわりがないが、ゴム園の人達とちがって、一口に山仕事というくらい、なんとなく息遣いが荒っぽく、なげやりにみえた。私がくるより前から、シンガポールの基督教宣教師のUが滞在していた。じょさいないUは、雑談に話をあわせながら、「ひとつ、今夜あたりどうでしょう」と、傍の庶務の男にきり出した。あきらかに憂鬱らしい表情をおもてにあらわして、「それはおやりになることはかまいませんけれど、不信心な人間ばかりですからね。この山の連中ときたら……廻状をまわしても、億劫がって、聞きにきませんよ」といった。「かまいませんよ。かまいませんよ」Uは毎度そんなことには馴れているらしく、頓着せず自己をおしすゝめた。Uは、シンガポールを中心に半島や、爪哇《ジャワ》、スマトラの方まで布教して、めぐり歩いているのだそうだ。結局、説教は八時から、このクラブでひらくことになって宿舎の方へ若い従業員を知らせに走らせた。五部屋ばかり並んだ客舎の一棟が、クラブから板の間づたいで行けるようになっていた。支那人の小者が、私の荷物をもって、その一部屋に案内してくれた。私は水浴室に入って水をかぶると、馬来人のする丹い腰巻を巻いて、室の支那牀に腰を下した。ドクトルが狭い室を訪れて、水さし台と荷物とのあいだに膝を片方突込むようにして坐り、小者に命じ、紅茶二つをもって来させた。

――もう始まるんじゃないですか。Uさんのお説教が。

――評判が悪いんですよ。

ドクトルは、笑に語尾をまぎらせた。

――山はどうなんですか。

私は、すこしこの不意の来客にどぎまぎして、問にならない問を発すると、

――どうってその、埋蔵量ですか。

――えゝまあそうなんです。

石原兄弟の運命を支配したこのひょうきんものの山は、ここ十年位で埋蔵量がなくなる。元来、スリメダンの強味は、自然の条件にめぐまれているということで、鉱石は露天掘り、採鉱は、まるで落ちている石をひろって積出すのとおなじ容易さであるうえ、鉱石は現場からたゞちにトロで下して、荷船は流されるまゝに川を下り沖に出て、沖がかりして待っている会社の船に積込む。それから八幡に直行するという手順のよさである。六七千噸《トン》級の船数杯がかわりあって、日本へもってくる鉱石の量は、一ヶ月十五六万噸で、現日本（日支事変前）では、揚子江の大冶につぐ鉱石の供給者とされている。しかしその資源もこゝ数年で枯れ、鉱石が深くなって、設備をかけることとなれば、採

算もむずかしくなり、将来は、馬来の東海岸にある久原の山、トレンガンのドングンに覇をゆずらねばなるまい。ドングンの所在東海岸は、冬から春先にかけて波が荒く、船がよりつくことができず、従って荷役が不可能なので、積出時期が制限されるうえ、現場から積出し港まで軽便鉄道によらねばならず、現在では条件のいゝスリメダンとは競争にならないので、久原は、銭箱でも抱くように、無限といわれる埋蔵量のその富をじっと抱いている。第二のスリメダンを物色するために石原の眼は、血眼になっている。

現在、石原は海運業、倉庫業に手をのばし、南洋事業界の花形となって、シンガポール商業会議所は、彼を会頭とするにいたった。石原の第二の山は、すでに目あてがついているともいう。鉄山でなくて、それは爪哇ソローの銅山だともきいている。銅産額の少い[*1]日本にとって、国家的見地からも耳寄な話であるが、それにも二つのゆき悩みがある。その一つは、土地が瘴癘《しょうれい》の地で、従業員の犠牲が多いこと、他は、倉庫関係から石原が、和蘭《オランダ》政府に好意を持たれていないために、鉱石運搬に重税を課せられるため、殆んど採算がとれなくなることである。石原の和蘭官憲乃至その尻押のいぎりす官憲の迫害による利害の行どまりは、三井三菱との海外に於ける競争と相俟って、現状打開の国策を支持する傾向となり、日露戦後、三五公司が従業員達の志士的自負を刺激して、これを利用したように、石原の従業員も非常時的に教育されるのだという。ドクトルの話はそこから出発している。

——去年まで、ここに若いSという男がいたんですよ。その男は淋しがりでね。むろん独身者で、独身宿舎でその男が病気をしたんです。

舟つきの田舎に若い日本人の手つだい女がいて、それが、その男の看病にやとわれた。めずらしく年こそ若いが、スリメダンあたりまで流れてくるようではその女の経歴や、素性も想像がつくとドクトルはいうのだった。その男は、恋愛というものをはじめておぼえて、病気の方は治ったけれども、鬱々として日をくらしていた。

——医者ですけれども、恋病いには、はじめてぶつかりましたよ。それでも、カルシウムの注射をうってやりました。恋病いでも病いという以上、医者として何とかしてやらなければなりませんからね。仕方がなく、月下氷人をして一緒にしてやったんですよ。とてもそれから幸福そうにしていましたよ。一年ばかりくらしているうちに、爪哇の銅山の方がとても調子がいゝ。銅山にゆくものには、特別手当がでるというので、煽られて、二三年あちらへ行って金をためるからというので、自分からすゝんで出かけたのです。すると、三月ばかりたつと、ひどいマラリアになってかえってきました。大変な悪性なやつで、それでも命だけとりとめたのですが、廃人同様です。女とも別れて、日本の故郷へはるばるかえってゆきましたが、女も、山のものの少しばかりの同情金をあつめてもらって、スリメダンを去ってゆきました。

話好きのドクトルがかえっていったあとで、鎧﨣をしめた。説教をきゝにくるものもなかったとみえて、隣室で、宣教師がごそごそと衣服をぬいで眠るらしかった。山のクラブはしずかだった。撞球の球の音がよくひゞいて、いつまでもきこえていた。夜がふけて、その連中もかえってしまうと、どこかで梟がなき、霧のようなものがしきりに窗《まど》をうって、さらさらと流れていった。私は、久しぶりでみる電燈のたのみある明るさのなかで、鮮やかな静物画を眺めるようなよろこびで室内をながめたり、はっきりみえる字の読書をしたりした。

（註）1、日本はかつて銅輸出国であったが、近年銅産額衰微し、世界第二位から第六位に下落した。

三

あくる朝、眼をさますと、うしろ山で、しきりに発破《はっぱ》をかけているのがきこえた。粘土式爆破という、ダイナマイトのうえに粘土をかぶせて抵抗を大きくする爆破である。その反響は、青空のなかをから廻りして、山林に沈み込み、とんでもない頃になって、さらにむこうの山に木魂をかえした。きょうも日なかは暑くなりそうな青空の、紫がかって深いなかに、山のうしろからむくむくと湧いた白雲が、回教寺院《ムスケ》の望楼のようにたちあがっていた。

朝食をとっているところへ、昨日話をした現場員が身ごしらえをして外から、山を見物するならば自分も今ゆくところだから途中までいっしょに行こうと誘ってくれた。爪先あがりの裏山の細い路をあがっていった。鬱蒼とした木蔭に、アタップ葺が千木《ちぎ》をつけて、木連格子のはまった神社の前に出た。現場員は、その前に立止まると、かしわ手をうって拝んだ。

——やまとごころというんですかね。御社にまいってから仕事に出ると、ふしぎにこころもちがしゃっきりしますよ。

と、彼は云う。そこの岨路をのぼりきると、やゝ広いトロッコ道に出た。

さらに草いきれのふかい崖を攀《よ》じて、山のおでこに縋りながらゆくと、そこは近路で、さっきのトロ道がすぐ目の下を、大迂回しているのがみえた。丁度上ってきた方角とは裏っ側に、山の斜面を大まかにかきとって、くぼみになったところが見下される。その凹みに、子供たちが土いじりでもしているように沢山な苦力達がうごめいている。彼らは、かくし所を蔽うているだけで殆んど裸体に近い。申し訳のように襤褸《ぼろ》を身体にまきつけているものもあるが、彼らは土まみれで、岩や石塊から彼らを見分けるのが困難なくらいだ。

段々下りていって近づくにつれ、彼らがのこらず支那人苦力であることがわかった。それも、若者や、肉付のよい者は一人もいない。みんな、苧殻《おがら》のように痩衰えた年寄である。

なかで元気そうなのが鶴嘴《つるはし》をふりあげて、岩をかいている。割った岩の破片を、鉄槌《かなづち》で小さく砕いている連中もある。おいぼれたちは、砕いた石を箕《み》に入れる。その箕を持ちあげようとしてあせっているものもある。亀の子のように首を前に突出し、喉の笛を鳴らせ、腰をあげようとして、いく度もふんばってみる。一本ずつ出た肋骨に、淋漓として汗がつたいはじめる。ひょろひょろと爪立って歩き出すもの、トロッコのそばまではこんできても、それ以上あげることができないので必死になっている。灼けた石のうえに、汁は黒い点になってしたゝる。

——どうして、こんなとしよりばかりいるんです。

——老人に丁度よい仕事をあてがってあるのです。このへんで石ひろいをしていれば、安全ですからな。だが、馬鹿になりませんよ。支那人はこんな奴らでも、結構、印度人の若い奴より役に立ちます。ごらんなさい。あのふんばりようは。生き慾だか、死に慾だか、ともかく慾がつっぱってるんですね。

彼らは、私たちのいる前なので、働きぶりをみせようとして、急に、掛声をかけはじめた。

全力的にはたらいている彼らの姿には、怖ろしいものとともに、物質のような美くしさがあった。

——斃《たお》れるでしょうね。一日炎天でこれでは……。

——案外、強いものですよ。たゞ阿片が切れると引っくり返る奴がいます。

——阿片をすってるのですか。

——すってくれるので能率もあがるというわけです。阿片すいたさに、こいつらは地獄の餓鬼になって働くのです。命をつめて働いて国元へ送金する者もいますが、それはこうならない奴のことで、こうなったら、国も、家もありゃしませんや。自分自身だってありはしない。阿片がのめるたのしみ一つではたらき、それだけで生きているんです。そう、そう、スマトラへ行ってる友人の話をこの間、バトパハへ出て来た時聞いたんですが。

監督は、岩蔭の涼しい所へいって、私に、煙草を一本すゝめ、自分も甘そうに喫みながら、

――蘭領の島で木材を切り出す会社なんですがね。そこでは、売品部で、日用品と一緒に阿片も、会社から売出しているそうです。一チューブ三十銭の阿片が、一日に八九十円から百円位出るそうです。量のあがった奴など、一日に五六円平気でのむそうです。勘定は給料で天引しますから、しまいには会社は、たゞみたいに苦力を追いまわすようになるのです。うまいことを考えたもんですね。一チューブ三十銭でも大きなもうけです。苦力数の多いスリメダンあたりでそんなことをしたら、その方の株をもってても成金ですね。

といってわらった。

露天掘りのあちこち岩をつゝいた山間を、人の乗っていないトロッコが気儘に、二台も、三台もつゞいて辷ってきたりした。

現場員と別れを告げて私は、崩れる土砂をふみしめ、枉れた灌木を手がかりに山腹を攀じて、さかんに発破をかけている坑道のうえの展望《みはらし》に出た。

まさに、山はその首すじに重瘡を受けていた。

緑の繁茂のなかから、血襤褸がひきずり出され、それにすがりついて、蟻の群のように苦力たちがもがいていた。印度人《ヒンヅー》の苦力たちである。昨日、山へ着いた時、足場から印度人が一人墜っこったとしらせがきて、口小言をいいながらドクトルが出かけていったことをおもい出した。なまけもので、不注意だから、始終、間違いをしでかすのだと人人はいっていた。トロッコのすれちがいに足のうらの肉をもってゆかれ、泣喊《なきわめ》いているので、ドクトルなどいない昔の事で仕方なく、綿を焼いて貼っておくと、その綿がとれなくなったが、日を経てきれいになおってしまった。奴らは動物に近いのだろう、などと話していた。そんなことを想起して私がぼんやりしているとき、思掛ないすぐうしろから、つゞけさまな爆破が起った。

私は、目をふさぎ、耳を蔽い、叢に頭をころがした。苦力たちのたくさんな首が、どかんと青空のなかにうちあげられるのをみたからである。怖れ、憤り、悲嘆にふるえながら、私は、煙硝くさい蒼穹のふかくを、この眼球でぐいぐいと押した。空から落ちてくるものを待っているのだった。

しかしそこからばらばらと落っこってくる破片は、ことごとく、山茶花《さざんか》のように匂いのたかい、鉄を抱いた重たい、赤土のかたまりばかりであった。

コーランプル

コーランプルの一夜

サルタン殿下は、路易《ルイ》十四世式の金ピカな宮廷用家具と、金モールとをふらんすに註文され、ユニフォルムの飛切りの羅紗は、いぎりすから取寄せられるのだそうだ。白い帽子箱を積みあげたような、汗王の白堊の城をながめながら私は、スレンバンから直路自動車でコーランプルに入った。

コーランプルは、馬来《マレイ》聯邦州の首府で、殷賑《いんしん》は半島第一の都。大王椰子の、徳利を行儀よく並べたような並木のあいだから、回教寺院《ムスケ》の球屋根がみえる。望楼にはメッカを祈る人達の姿。印度《ヒンヅー》教寺院から流れてくる勤行の鐘の、ごんごん、がんがんという音色と、柝をたゝく音、甘い、ひつっこい笙《スリン》の音いろに、一日が、かなしく、つらく、あわたゞしく、暮れまどうている。

なにごとか、はかない興行物《みせもの》でないものがあろうか。それらの興行物のうちでも、わけても悲しいみせものの、娼家《ルマ・ブロンボアン》に燈の入る時刻である。

角木のふとい格子が横にぬかれ、紅蠟燭の火影が揺れる、短かい褲をまくりあげて、足をひらいて投げ出した広東女たちが、店先で化粧をはじめる。

赤い、めりんす友禅の長襦袢をきて、細帯一本の日本娘が、門口に出て、手塩を盛る。娘というよび名でも、もう四十路を越え、五十坂を下っているものも多い。落窪んだ頰、衰えたるんだ皮膚の皺に、お白粉をなすりつける。朱を入れる。

——はじめは、ほんとうに怖ろしいと思いましたが、馴れてみると、一番、気だてがやさしいです。

と、彼女達がいうのは、額に、牛糞の灰をぬりつけ、蓬髪、瘦軀の印度《ヒンヅー》キリン族。ひらべったい顔の安南人。兇猛で、こゝろのねじけたベンガリー人。野卑な馬来、爪哇《ジヤワ》の烏帽子。狡猾なアラビア人。出稼ぎ人の海南人苦力……寗波・福州あたりからわたってきた、蒜と、ひなたくさい臭のたまらない、だが利をみてはぬけ目のない華僑たち。また、それらの異人種の混血児たち。『和漢三才図会』の人物篇の絵をみるような、奇異な、雑多な人間どもが、いずれも眼をぎょろぎょろとさせ、血のように赤い檳榔烟草の唾を吐きすて、肩をすぼめずるそうに笑いながら、好色らしく穿鑿《せんさく》しながら、まるで地獄の入口のように、娼家のおもてをいったり、きたりしているのである。

夜になると、雨がぱらぱらとふってはやみ、ふってはやみした。

この頃旅行者も少いらしく、私の宿泊したホテルの女主人は、人なつかしいらしく私をひきとめて、自分達の身のうえ話をはじめた。それによると四十年程以前、南洋へ彼女がわたってきて以来、あちこち流れ流れた末、ある西洋人を夫にしたが、十年以前、その夫とも死別れ、わずかのこされた遺産の頒前《わけまえ》でこのホテルの株を買って、こうしているのだといった。ホテルは、女たちの客をつれ込む部屋貸宿である。白いレースの蚊帳のほころびをつくろいながら彼女は、ふるい記憶をたどり、たどり、彼女の友人達のおちこんでいった悽惨な末路や、怖ろしい「蟻地獄」のことを、私のきゝ出すがまゝに、きゝとりにくい島原地方のなまりで語るのであった。

いうまでもなく、娘たちは、いまから少し以前までは、全南洋のいたるところに入りこんでいた。

しかし、今日では、馬来半島もコーランプルまでこなければ、彼女たちが昔通り、店をはっている図はみることができなくなった。猶、ここ一二年のうちに旅費を蓄積して、それぞれ本国へ引上げるように政庁からの命令が下っているのである。

サルタンの政治は、いぎりす人の政治である。見得坊で、狡猾ないぎりす人は植民地では、数限りない曲事の限りをつくしながら、非人道的な娼妓の存在を、自分達の息のかゝっている場所からは根絶しようという紳士的相貌をおもてに掲げる。

そもそも表南洋の各地に日本人がわたりはじめたのは、明治二十四五年から、日露戦争へかけての頃であった。港から脱走した下級船員、本国を食いつめたあぶれ者、前科何犯、そういった連中が、真面目な仕事には手が出せず、他に道がないのではじめたのが、娘売買であった。娘一人の価格は、先土地相場で二三百円見当、なにか一つ商売をしたいから資金を貸してくれと云っても相手になるものはなかったが、どこそこの土地は女二三人置けば必ず繁昌するというような話だと、それならとよろこんで融通してくれるものがあったそうだ。

女衒《ぜげん》達は、船員と結托して、女一人タラップ入、食料つきで出発港、例えば門司から香港まで、普通運賃十五円のところを、二十五円乃至三十五円位わたして、船員のほまちとして、密航を依頼する。天草、島原の女たちは附近に大工場がなく、仕事に困っていたので、親たちが進んで、海外出稼ぎに出した。本人達も、外国に出て稼げば、美くしい衣物も着られる。金の指環は嵌《は》められる。そのうえ、一家に送金して、親兄弟はいうに及ばず、親戚の誰彼までが、彼女一人のお蔭をこうむって、遊んでくらす。代りに頭があがらず、むしろ、近隣のほめものになるので彼女たちは、争って国を出る傾向さえあった。その他に、悪辣な誘拐者の手で全国から、泣きの涙で売られてゆく女達は、一先ず、香港のワンチャイ界隈に頑張っている女衒の大親分の許に集積され、そいつらの手で、満洲向き、支那奥地向き、南洋植民地向きと大別、三通りに、彼女らの生涯の運命をふりわけられる。しかし、いかほど気強い女でも、いよいよ故郷が遠くなり、いざ眼色のちがう人間たちのあいだに餌食として投出されると、昼夜、泣き通す。そのうち慣れて、つらさをつらさとおぼえぬようになっても、自分の身のなりゆくはてが、よりどころなくて耐えられなくなる。そうした女達の弱味を知りぬいて、嬪夫たちが、巧みにその心にとり入る。女たちのうさの聴手、なぐさめ役になりながら、女たちがからだでかせぎ貯めた金を、そくりそくりとばくちのもとにかりてゆく。結局女たちは、彼らのために稼ぐことになる。嬪夫らの素性は大方、女衒あがりののらくら者で、徹頭徹尾、女の汗や膏で生きているのだ。こんなに遠くまで出かけてきたからには、まとまった金を攫《つか》まないでは、どの面さげて故郷へかえれようかなどと、一徹な心になって、おもいはげまし、稼ぎ高に釣られて一歩一歩、なるたけ競争の少い他人の行ったことのない、奥地へ、奥地へと踏み込んでいったものもある。爪哇、スマトラ、ボルネオ、ニューギネア、その他、名もしらず散在している小さな島嶼のはてまで、彼女たちの足跡のないところは稀である。なかには、馬来をこえ、ビルマにわたり、山地伝いに印度を縦断して、波斯《ペルシャ》から、阿剌比亜《アラビア》に出て、ポートセイドに落付いた時は一万という金をもっていたという女もいる。

彼女達を「娘子軍」と称して先頭に立て、瀬ぶみをさせてそのあとから、男達が乗込んで商利の足がかりを作る。従ってシンガポールの日本の領事館も、女たちやそれにからまるごた〳〵が多いので、馬来人たちは永らく、娘子軍《あねさま》の総取締のように考えていたそうだ。

シンガポール近郊の、タンジョン・カトンのしずかな水のうえに、水上家屋になって張出した娼家が並んでいた。楼主の酷使から逃れようとして、深夜、人しれず床板をはずし、柱を伝って海に下り、鰐に曳き込まれた女もあった。首尾よくぬけ出して、ジョホール州にのがれ、森林をさまよっているうちに、虎や豹に出あって餌食になったものもある。

　完全に脱出することのできたものは、追手を恐れ、二人、三人ずつ遠征隊を組み、半島の奥などへ乗りこんでいった。

　着たきり姿のよごれ浴衣一枚。風呂敷包みを一つずつ膝のうえにのせて、売られてゆく。小鳥が止り木にのっているように、ちょこなんと、牛車のうえに並んでのっている。頑丈一式な牛車は、路のないところを、原始林や、茅原や、一番怖ろしい、猛獣どもの巣の密生林や、ニッパ椰子のしげる泥水のなかを、圧倒し、ぶっこぬいて、遮二無二に進むのである。車の屋柱に獅嚙《しが》みついていなければ、どこへ振落されるかしれなかった。みわたす限りの草原に埋もれて牛車が、一日じゅうもがいてすゝまないようにみえることもあった。車が一寸でも止まると、前後八方から草叢が、動物の鼻嵐のような気配をさせて、おしよせてくるようで怖ろしくてならない。太陽はひきつった。道は、抗《あらが》いつゞけた。からだも、こゝろも疲れて、ふらふらになって、次の小部落にたどりつくのであった。部落には、かならず珈琲屋というものがある。その珈琲屋は部落の唯一の休息所兼娯楽場になっているのであるが、彼女達はそこの軒下に落つく。きゝつたえた土人たちが女子供をまぜて近所からあつまってきて、見物する。

　夕ぐれになるのを待って彼女たちは、たずさえていた風呂敷包みをひらく。赤いふり袖の友禅模様がなかに入っているのだ。それを着換えて、髪にピラピラした花簪《はなかんざし》をさす。風呂敷はそのまゝ石だゝみに敷いて、仮のベットになる。おしろいを塗り、紅をぬり、今宵私のみた、コーランプルの娘たちと一つも変らない姿になる。

この興行物は、僻地の部落の人達を有頂天にする。彩華絢爛な異邦の女の肌のにおいを嗅ぐために、男どもがわれもわれもとつゞく。馬来の土着人達をはじめとして、邦人も、言葉も判明しない出稼人の労働者たちも一弗《ドル》ずつ、一夜のうちに十五弗、二十弗、三十弗を彼女のふところへおとしこむ。あくる日はさらに奥地へ、さらにつらい旅を、あらあらしい旅をつゞけてゆくのである。からだがつゞかなくなって途中から落伍するものもあった。ひどいマラリアで足腰立たなくなってしまうものもあった。親切な土民の妻となって、一生を、山奥に入ってくらすもの、悪性な病毒のために、路傍にのたれ死にをするものもあった。

ちりぢりばらばらになって彼女達は、方角もしらず、土地の案内もしらず迷いこんでゆく。千、二千という銀貨を包んで、身体に巻きこんで、肌で抱いて、人外境をさすらうのであった。

馬来の奥地には、もっとも兇悪獰猛《どうもう》な支那人がいる。彼らの鉈の下に、六人の娘が鏖《おう》殺《さつ》され、所有物はすべて奪われたこともあった。むくろは原野に棄てられたまゝ、炎熱のしたに焦げ、爛れ、蟻と蛆虫とがふわけするに任せられる。

サゴ餌を唯一の食料とし、カラッパの汁をのみ、三年、五年、十年、日本人の顔などはみる機がなく、故郷の言葉を耳にきかず……愉楽もなく、また、感情もなく、たゞ、行軍のごとく、戒行のごとく、きびしく、黙々としてすゝむばかりである。

たまには、貯蓄した金で、錫山や、ゴム山を買うものもあった。自分の持山へ入ったきりで出てこないものもある。死んだか、殺されたか、但しまだ生きているのか、不明なものがある。

おもわず、年月をすごしてしまううちに、故郷との消息も全く絶え、または故郷のみよりが悉く死にたえて、世代がかわり、帰るべきところも、自然に喪失してしまうことが一番多い。

——そんなこと、みんな、昔の話です。御承知の通り、今では、マレイ州はいちばん道路のよいところです。住んでいて、恐ろしことも、つらかことも、なにもなくなりました。

つくろいかけの蚊帳を傍にさしおいて、彼女は、沸騰した湯を急須についで、熱い紅茶を入れた。

——それでもな。このマレイで、スマトラで……なあに、コーランプル一ヶ所でも、もう何百人という人が死んでますけん。お墓がならんでます。

私は、むしあつい自分の部屋にかえる。このホテルに宿泊しているものは、大てい他国人であったが、白布でわずかにしきりをした隣室には、シャム境のケダ州の奥から出てきた日本人の百姓夫婦がいた。女はやっぱり、娘子軍のはてで、男は嬪夫だった男だが、いまは、いたわりあって老夫婦がしずかに山間の耕地で余生を送っているのだそうだ。

窓の外は、どんよりとした闇空ではあるが、雨は、一しずくも落ちてこない。雨の樹《レーン・トリー》が、オラン・ウータンの腕のように、毛むくじゃらな枝を、次から次へ、縦横にのばして、からみあっていた。その枝のあいだにのぞく闇が、毒血を吸込んだ蛭のようにに、まるくふくれかえっていた。

ピナンにむかう大きな汽罐《かま》が、そこらあたりに火の粉をちらし、シューシューと喘《あえ》ぎながら、過ぎていった。

シンガポール

タンジョン・カトン

タンジョン・カトン（タンジョンは崎、カトンは亀、亀ヶ崎とでも称ぶのだろう。）の風景は、シンガポール名所絵葉書のおさだまりだ。椰子の葉越しの月、水上家屋、刳木舟《カノー》、誰しもすぐセンチメンタルになれる、恋愛舞台の書割のような風景である。

カトンは、シンガポールの東郊で、海沿いのしずかなバルコニーをなしている。シンガポールに立寄る客たちは、第一の夕の歓待を、日本庭園を模したアルカフ・ガーデン[*1]の料亭か、このカトンでうけるのである。

すゞ風の尾鰭のながながとなびく海浜の、ところどころにバンガローがある。籐椅子をならべ、テラスにあつまって、別荘や、閑静な住宅の西洋人たちの一家団欒《だんらん》のさまが、浜づたいに手にとるようにみえる。モダーンな支那富豪の邸宅がある。桟橋づたいに水にのり出した日本料理屋の軒には、岐阜提灯にうつくしく燈がはいる。ほつ、ほつという三味線の音が、水のうえをわたってきこえてくる。

朝日ビールの壜が並び、濠洲牛のすき焼が煮える。畳を敷いた簀の子のしたでは、くらい潮ががばがばと鳴り、大石小石のうえをのりこえては退いてゆく。トワン・ジッポンは、悲痛な声をふりしぼって歌をうたった。かれらは、酔うと人間までかわって、言いがかりをつけて、妓たちを叱りちらした。狼藉の末正体もなくねむりこけるものもあった。男のかゝる酔態を庇《かば》い、いつくしむやさしい女心で、なげやりにされればされるほど、じぶんはなげやりにはできない弱い、弱い魂のしないづよさで、花や鳥や水をえがいた振袖をきて、貝殻のように可愛い手をした女たちが、それを介抱するのがならわしであった。男たちはそのむかしのごとき投機家ではなく、銀行会社のサラリーマンであり、女たちも前代の数奇な娘子軍ではなく、内地とおなじ制度のいっぽんや、雛妓《おしやく》である。

口紅いろに染まるタンジョンの朝暾《よあけ》。木芙蓉《ブンガリア》の花咲く生籬と、波よけの杭。しどけない浴衣がけの、背の低い、おしろいの剝げた、見ざめのする女たちが、歯磨粉をつけた楊子《ブラシ》を一ぱい口にふくみ、ならんで海風にあたっている。昨夕のたべちらしや、嘔吐よりも、もっと汚れた、ごたごたしたものを浮べて、あいそづかしなシンガポールの海が、きょうも暑くなりそうに、本格的にぎらぎらしはじめていた。

日中は、さすがに、からだをうごかすのもものうかった。しめっぽい、くらい台所で、茣蓙《ござ》を敷き、アッパッパを着た女たちや、板場、使い女たちがはらばいになってねむりこけ、御用きゝなどをあいてに、ろっぴゃくけんの札をひいたりしていた。「なにが臭かと、このうまさをしらぬお前らの方が、よっぽど因果な奴らじゃ」などと、女らに冗談をいいいい、はしりのドリアン売[*2]を呼びとめて、品選りをしているのは、南洋ぐらしのながさの知れる、俗に南洋焦けという土気色をした、そのむかしは女衒仲間で顔ききだったというその家の主人であった。黒い袴をはいた男が、街の天理教道場から女たちを説教にやってきた。

シンガポールは、戦場である。焼けた鉄叉のうえに、雑多な人間の膏が、じりじりと焦げちゞれているような場所だ。額に牛糞の灰をぬりこんだヒンヅー人。舢舨《さんぱん》苦力と人力車夫《チャー》。よだれ掛のついたあっぱっぱのようなものを着た猶太《ユダヤ》街の女たち。混血児。南洋産支那人《ババナンキン》。ベンガルや、アラビアの商人。グダン人種。暹羅《シャム》のかこいもの。煙鬼。

馬来土民。出稼人。亡命者と諜者《スパイ》。かれらは、みな生きるために、炎暑や熱病とたゝかう。はるかにのぞむと、赫々とした赤雲《やけぐも》のような街だ。カトンは、いわば、その休息所である。

土曜、日曜には、シンガポールから、一家づれがあそびに出かけてくる。コンクリートの防波堤にしゃがみこみ、西洋人の父、母、子供たちがならんで海をみながらサンドウヰッチを食べている。遠くの方まで海はしろっぽけ、一人二人泳いでいるものがある。（鮫が出没するので泳ぐものは稀だ。）沖合いは、日中でも見透しがつかずどんよりして、停泊船と小蒸汽、舢舨《さんぱん》で、そこに海上の街があるようにうすぐらくなっている。すこしはなれたところに二三隻の英艦が蟠踞《ばんきょ》して、空砲をうっている。馬来人の若い衆たちが、そのたびに、手をあげてなにかさけんでいる。

ゲランからカトンにつゞく椰子の廊下は、船からながめてすぎても好もしげである。

海沿いに椰子の木蔭をゆくと、別荘建の家はなくなり、電線引込線に旋花《ひるがお》がまきつき、軒に馬の蹄鉄をうちつけた傾いたような木造家屋があったり、馬来の水上家屋があったりする。カトン名物の水圧倉庫が櫓のように、繁みのうえに聳えているのがみえる。馬来の富豪が金塊を盗まれないために、水圧で高いところへおしあげる装置したものである。

落日に染まった鳳梨《パイナップル》畑と、艀られた砂。砂のうえには、赤鉄のように錆びた椰子《カラツパ》の葉と、腹をかえして曳きずりあげられたボート。……雲のいろのうつくしさ。やがて、夕闇のなかにともってゆく停泊船の燈の楽譜のようなおもしろさ。月下に止まっている自動車のなかでは、西洋の男女が抱擁している。

ジャラン・ブッサルのおどり子たちは、緋のドレスで、印度種のまざった、煤色の髪を胸に押しつけ、暹羅の女たちは、金環を嵌めたひやっこい、ながい腕を首にまきつけながら、フランセーズは、冷淡なまゝで、ひとのこゝろをひきつける得意の手管のあとで、にっと笑いかけ、そして、みんなが申しあわせたように言う。

「カトンへドライブしない？　ねえ。つれてってよ」

（註）1、アルカフ氏が日本の庭園師を招いて造らせたシンガポール東郊にある公園。

2、果実の王と称されている。（但し悪臭がはげしい。しかし食べ慣れるとその悪臭がこの上なく魅力となり、土人は、ドリアンのはしり頃、産を傾けるものもあるという。）

新世界

シンガポールの支那街繁華地、ジャラン・ブッサルの大通りにルナ・パーク式民衆娯楽場がある。「新世界」と名づける。

新世界をめぐる一劃の地域は、瞥見するだけでも国ちがいの風俗の変化が目をたのしませるし、また、しばらくくらしてみるのもおもしろい。

新世界が、あらゆる国々の女が稼ぎ場であるように、新世界のまわりは、その巣である。享楽面ばかりではない。各種各民族の出稼人たちの習慣や、くらしかたのめずらしさがある。

東海岸につゞく爪哇人街は軒なみの裳店《サロン》。街なかの回教寺院の玉葱屋根、青い未熟なくだものの、においとまじりあった腐ったくだもののにおい、動物屋のにおい。だが、新世界の西側は、夜になると田圃でもあるくように暗い。嫦曳宿や、軒廊《カキ・ルマ》のひっぱり店がある。空地の草っ原にアンペラ小舎をつくり、ヒンヅーが幾十家族かあつまって、まっくらななかで、蠟燭一つともさずごろごろねているところもある。町角にしゃがみこんで三人ばかりで、椰子酒をのみほしながら、夜のふけるまではなしこんでいるもののもある。

軒廊に寝ているばかりではない。アスファルトの大道に往来を塞ぐように、裸でころがっている。鋪道のまんなかを頭にしているので、人力車も通りぬけられない。からだを石でひやさねば、眠られないのだ。かれらを一口にヒンヅーというが、タミールもあればベンガルもある。宗門もちがい、種族も、言葉も異り、仇敵のようににらみあう。羽虫のいっぱいたかっている高い街燈がある。風が死にたえている。髯だるまに似ないかぼそい声で、どこかから故郷の唄をうたっているのがきこえる。夜ふけまで、耳についた呼び売りの拍子木が遠くなってまたかえってくる。

檳榔の血を吐きちらし、カラッパと牛糞のにおいをさせるかれらは、昼は一つらの黒い鎖のようにつながって、あわれな掛声をかけて道路工事をしたり、船渠《ドック》で船底をこそげたりしている。彼らは、迷信ぶかい。しかし、彼らは、意気なく、争いを好まず、夫婦の情愛はこまやかで、子供たちは鹿の子のようにうつくしい。頭にターバンを巻き、赤褌一つの八つ九つぐらいの子供が、路ゆく人に追いすがりながら走って、

「煙草《ロッコ》、煙草」

と、菓子でもほしがるようにねだり、吸いさしを捨てるといそいでひろって、何よりうまそうにすぱすぱと吸う。

アルバート街の縁日人出から、ジャラン・ブッサルへかけて、あらゆる職業階級の支那人が、わめいたり、口穢《くちぎたな》くやりとりしながら雑鬧しかえしていた。人相観や代書、くすり屋の人寄せ口上、五州大観、四界風景などと文字いかめしく硝子絵でそとをかざりたてた覗きからくり、しっ尾のはえた男、大顱頂《おおあたま》、講釈、琵琶そういうものが、入場料をだして入る「新世界」のなかまで入りこんでいた。銅鑼や歌媛のかんだかい叫び、麻雀や拳《けん》のかけ声のきこえる料理屋もあった。鸚鵡《おうむ》十八番芸当、野天の寗波芝居、その他に、野天の映画、馬来女のひれをふりながら踊るドンゲン踊。大蛇つかいの印度女。あついところだけに多い野天の興行。玉ころがし、投げ矢ルレット、氷店《アエ・バトー》、雲呑麵、牡丹花や、鳳凰のかたちの燈籠でかざりたてた楼門、石の橋、鏡ばかりの廊《わたどの》、夕ぐれからすゞみがてらあらゆる国の人たちが、この喧噪に身をあずけて、見物したり、押されたり、物色したり、ふりかえったりしていた。おどり場では、混血児《スラーニー》の女が、ニス色の背すじをだした黒びろうどのドレスの、胸にまっ赤な切花を盛りあげ、他の一人は、ちゞれ髪紅い唇、褐の肌にいれ墨しておおまかにうねるからだを純白の襞《ひだ》で蔽って、ゆるやかに床を辷《すべ》っていた。何本も金笄で、うしろ髪をとめた福州のバヾ南京、かっぷくのいゝ暹羅女、ながし眼をしてゆく馬来女、『民国日報』のデマ記事で、日本軍全滅の報に気をよくした広東人達が祝盃をあげ、国恥喪章を売る宣伝員たちが、誰彼の差別なく通行人にうりつけている。えりの高い、身に喰入るような細仕立の涼しい支那服を着た断髪の娘たち。廻転木馬のうえにかるく横乗りをし、すこし高慢げに、麦藁口の細巻をふかしながらまわっている。女学生ともおもえない。寵人《おもいもの》かもしれない。葩《はな》のむれるにおいがして、すこしも汗ばんでいなそうな肌。柔軟で、すき透った肌は、炎熱もちぢらせることのできない花冰のようだ。南洋ぐらしのあいだに西洋人の肌は赤膚となり、我々は粘土色に黒ずんでゆくのに、彼女だけはまるで魚貝の精のように、わずかな焦色さえもうつらないのである。

界隈のじごく宿から、白い面をかぶったような襟垢で首の黒い娼婦達が、客釣りに出てくる。額の毛のぬけあがった鴇婆をうしろに従えているものもある。おい、どうだい、とでもいわんばかり、あごをしゃくって男共に挑む。

変電所のそばの弧光燈の呟いている草原で、一人の男がつかまっていた。値段の交渉がどうしても折合わない。通りがゝりの若い衆が足を止めて四五人で男に声援している。女は、からだを前に乗り出し、指を三本出してみせると、段段あつまってきた見物は、互にチェッ、チェッと舌うちをして、首を横にふる。女は口中泡にして、決して高くない理由を喊き立てる。女の言葉で、どっと、笑声があがる。高いと異論を唱えるものもある。ゆっくりしゃがみこんで、男に入智慧をする者もあった。男は、しぶしぶ指二本を出して値切りにかゝる。女は身をふるわせ、きいきい声で男を罵倒しはじめる。男がいたゝまれなくなったか、人ごみの中に逃込もうとすると、すでに十人以上になった野次馬がやんやとはやし立てる。

――えい。えーい。もう一度こっちをむいてみなよ。

女は呼び戻して、指二本をふりまわして一同にみせながら、

――まけとくよ。まけとくったら。この泥棒野郎。

爪　哇

爪哇へ

　まっかにいぶったコークス火がぎしぎし塡まって、くさい魚をそのうえでやいている……シンガポール港から、タンジョン・カトン（亀ヶ崎）へ、そんな形容の夕立雲が乗りかゝっている。

　シンガポール滞在のあいだのつらい熱病、デング[*1]という風土熱から、やっとのおもいで遁《のが》れでてきて、ふりかえって海上から、その火の灼々と煌《きら》めくのをながめているおもいである。

　七月十日、正午出帆、和蘭《オランダ》汽船ＫＰＭ会社の、ＭＩＪＲ号という、蜆っ貝のようにはげっちょろけた小汽船に乗込んだ。

衰えた眼、むし歯、船暈《ふなよい》の予感、波止場から、私についてきてはなれない、ヒンヅー・キリン族のひなたくさい肌のにおい、カラッパの葉を枯らして巻いた安烟艸《たばこ》の臭気、そんなものがみんないっしょになって、私の病余の感覚をたえがたいものにしていた。あつさにめげやすいMは、ひたすらに光を懼れて、はじめからニスくさい船室のなかにかくれる。フルーツ・ソルド*2を沸騰させて飲む。なまぬるい水。

船室の小さなまる窓のそとは、億劫の細胞の網であった。光だ。熱の空だ。海の反射日で空がくらくらしているのだ。怖ろしいものの凝集だ。みんな生きている集りなのだ。光はさいなむ。私をくらやみの方へ追いつめる。私は、黝《あおぐろ》くなって、ポツンポツンからだじゅうに銃丸をうけて、穴だらけになってゆくかとおもわれる。船はようやく辷りはじめたらしい。沖に繋留した汽船の尻が、こそげた大鍋のそこを見あげるように、いくつもいくつも並んで、その都度、窓のそとをくらく塞いで過ぎた。赤や、白で、お洒落娘のように塗りたてているものもあった。防波堤のそとに出ると、船は、柩《ひつぎ》をかついででもいるようにしずかになったが、室のうちの扇風機の風は、むれた空気をかきまわすだけで、嘔吐を誘うばかりであった。彼女のねている上の段のベットに入って私はねむった。ねむりがばかにふかく、目をさましたときにはもう、午後四時近くであった。

船は、さながら無そのもののように軽く停止していた。スマトラ島の東のとっ先にあるタンジョン・ペナンという淋しい塔についていたのである。

海の顔いろほどかわりやすいものはあるまい。デッキのうえにあがってみると、空のすみからすみまで、まったくおもいつかなかったように布置しなおされてあった。炎天は、嚇《かっ》っとてりつけていたあの白昼の熱苦はいったいどこへいってしまったのだろう。西空一帯を暗澹とさせて蟠踞している怪雲が、墨いろの手長猿のような腕をいっぱいに伸ばし、全海岸のうえにつかみかゝっている。椰子林を乗りつけて散在する小島が、遠いものから順ぐりに、雨のしろじろしさのなかに、半ぶんぼけたり、消えかかったりしている。そして、青黴のいろをした海の水が妖しいまでにそこふかく、仄明るくみえて、表面だけに、こまかい三角の鱗を立てていた。

あたまからずぶ濡れにぬれたスマトラの女たちが、手に手に、食べものを入れたブリキ製の組重をさげたり、莫蓙や、マンゴーの実を入れた籠を小わきにかゝえこんだりしながら、槍のような小舟から乗りうつってきた。

花もようの裳が、雨にぬれて、べっとりとからだにへばりついて、ゆたかな臀や胸があらわれていた。

夜になるまで雨は、そのまゝでふりやまなかった。

放尿するような淋しい音を立てて、船はすゝんだ。

あくる朝、ボーイに起されて、フィレ・アンベルスや、ブデンのつく、和蘭《オランダ》風の食事をとった。焙り肉に山盛りの馬鈴薯のつく昼餐も、やっぱり船会社に似つかわしいネーデルランド式であった。

一日じゅう、なんの所在もなく、籐椅子のうえから眺めている南海の水のいろは、淡い草色であった。支那海のような鉱質な、堅牢な海でもない。印度洋のような、はげしい銅鑼のひゞきももっていない。柔らかくて、若くて、それでいて、ばかに背のっぽな植物の葉。はゞのひろい甘蔗か、それとも森林になってしげっている大羊歯の類のような色あいである。ゴムの新芽にも似ている。このすゝんでゆく気持は、私の船のへさきが、あたかも、繁茂する原始林のやわらかい頭のうえを、しなやかに切り裂きながらゆくようである。そんなにしずかに、そんなに内部的な草いろであった。その草色のうえに、白い烏賊の甲羅がたゞよう。紅い海藻がもまれながらすぎる。……やがて、その草色が、海のひとつらうえに、色彩だけが別になって遊離しはじめる。夕ぐれである。飛行船を釣り垂《さ》げたような、雲のおおきな紡錘形の浮動のしたを、サフラン色になった海が、夜の方へと狼狽《うろた》えさわいでいる。

しかし、夜になると、海上にまったく風が途絶え、動物どもの寝床でもあるように、あたりがくさくて、あつくるしくてたまらなくなってくる。悪血にふくれた下弦の月があがる。その月の光の落ちこんだ海のひとところが、穿山甲の背のように、奇妙にうろこだって盛りあがる。が、やがて、星屑一つない、気味わるい暗夜となった。


軌道のむこうにある奈落のように、私は、南の海のことを永らくそう考えていたものであった。

そうして、私は、私の航海を、沈落にむかって急いでいるのだとしかおもえなかった。海は、爪哇と、スマトラ島とのあいだの、陸と陸との溝、つなぎようのない間隙であった。眼をつむった海、くらい海は、私たちを、翻弄し、まるで、他人の血液が突如、私の血管に流れはじめ、他人の内臓がこっそりと、私のからだにとりつけられて活動しはじめたように、急にいっさいが勝手ちがいになって、方角の見当一つつかなくなってしまったのであった。そのくらやみの蒙昧のなかを、たくさんの島嶼や、燈火もない陸地が流れていった。

だが、そのくらやみのなかには、魚の頭を彩った刳舟、蘆荻《だんちく》竹の毒矢、宝貝と、鸚鵡の羽根でかざった兜、髑髏のなかに石ころを入れてならすがらがら。……追いつめられたダイヤ族もいる。はやくも活力をぬかれ、奴隷となりはてた夥しい半開種族の部落もある。くらやみのなかにいりまじったそれらの悲しい音楽、わけのわからない華やかさは、すべてみな、潰滅にいそぐ美くしさなのだ。

狩られ、蹂躙され、抽出され、亡ぼされてゆく命たちの挽歌なのだ。耳をそばたてよ。きこえるものは船側に流れてゆく海水のひびきだけだというのか。

南の海の夜の悲しい性格は、賭博のように、恋のように、宿命をもって地獄へ傾いている。

十二日、明けはなれるや、今日の海は、幾何学的にまったくバランスを失っていた。ジャグラーの手から手におどる西洋皿のように、船は、じつにかるがると揺れた。それが夕刻までつゞいて、掌を断ち割ったような、血みどろ血がいな落日がきた。

タラップ一つで、厳然と等級別された下甲板には、デッキ船客たちがあつまっていた。中華民国の小商人らしい連中が、風通しのいいデッキを占領して、花ゴザを敷き、荷物をつみあげて、朝から晩まで、休息もなしにしゃべりつゞけていた。ちゃん刈にした若い衆が一日じゅう、哀調をこめた支那笛をふいていた。海の騒動も、てりつける陽も、彼の笛の邪魔にはならぬらしかった。郷愁のような、あるいは、一つの性格の執拗そのもののようなその音色。

次の朝、八時には、私たちの船が、爪哇バタビア市の新港タンジョン・プリオクにつくのである。

Mとふたりで、取りちらされたものをスートケースのなかにおしこんだ。空壜を窓から海水のなかへ捨てる。よその航海で、船室の窓から船員が、猫を捨てたときのことをおもい出し、捨てるものの手を放すのが怖ろしくなって、ためらった。

なに故か、こゝろのうちがさわがしくてならなかった。船賃を払って、船のなかにいる時間ぐらい、私たちにとって安住なときはないのだ。この疲れきったからだを、心を船につみこんで、港というもののない航海に旅立つこともがな。

だが、あそこにはもう、陸があるのだ。陸、そこには中心があるのだ。固定がある。うごくものに委せている不動のかわりに、うごかぬ土の上をはいまわるあくせくの生活がある。その生活のかゝわりが、一歩足をふんだときから、癌のようにその蟹足を八方にひろげる。なにごとかが、そこで始まらないではおかないのだ。

なにごとか。——私の、まったくのぞみもしないことまでが。

（註）1、熱帯の風土熱。全身に斑点生じ一週間にて退く。
2、果実の塩、水で沸騰させてのむ。胃腸をよくする。

蝙蝠

絵画というものは、常に、定まった構図のうえになりたっている。再現された自然、自然からひきだされた「構図」なるものは、自然にむかって挑戦的な、多少グロテスクなものだ。庭園は、その構図に従って植物が配列され、佇《たたず》んでいるものであって、人間の頭脳に従いながら、全く別な、人間に対して諷諭《アイロニック》的な世界をかたちづくっている。夜のバタビアは、いわば、その庭なのである。

バタビアの街を、夜、そゞろ歩きしてみたまえ。君は少年時代、幻燈を眺めているときに誘われたような、あのうっとりとした嗜眠に、歩きながらとりつかれるにちがいない。何故であろう。シャンドリエーのような銀の金具でかざり立てられた辻馬車の鈴のひゞきのためであろうか。あるいは、若草のようなやわらかい瓦斯《ガス》燈のひかりがそうさせるのであろうか。私は、いねむりをしながらあるいていた。かの女もそうであった。

爪哇の少年少女を仕込んだジムナスティックな曲技団が、旧バタビアの川むこうの空地に興行されているのを、ふたりでみて、宿舎へかえるそのかえりの路であった。満月に近づいて、あかるい月が、マンガ樹や、合歓木の空いっぱいに敷きつめた、こまかいレース織のなかを、くゞりぬけ、くゞりぬけ、するりするりと走っていた。突然、私たちの歩いてゆくさきにあたって、小事件がもちあがった。小事件……恐らく、事件とは云えない瑣末なことである。

二人の支那人が、私たちの眼前を遮《さえぎ》るように走り出てきて、巨大な枝葉を八方にはった一際大きなマンガ樹のふとい幹の下に立ちどまった。一人が懐中電燈を、梢にそって上へながす。他の一人がたずさえていた空気銃をとりなおして、上方へ構え、やがて、圧搾したものがひらくような低い音をさせて曳金をひいた。なにものかが、バッサリと音を立てて墜ちてきた。すべては、一瞬間に起ってすぎた出来事である。懐中電燈は、植物の繁みのたゝずまいのなかを一気に下りて、足のしたの草生のうえに止まった。四人の顔が、急いでそれを取りまいた。あかるい青草が、透きとおって、エボナイトのように猶更あかるく照し出された。恐怖のために葉の一本一本が、逆立ちしている髪の毛のように立ちあがってみえた。その青草のなかに、猪口に一杯ほどの温かそうな鮮血がこぼれている。蝙蝠《こうもり》だ！

ゆるい夢にうなされたあとのような、わけのわからない不安な胸のときめきを、私はおぼえた。

かの女の胸のうちにも、おなしこゝろが波うっているのを、そのまゝ、感じとることができるのであった。五年ものながいあいだ一緒になっていた二つの肉は、いつのまにか互にあい滲《にじ》みあって、同じ影、同じ雰囲気、同じ衝撃によって、同じように影響され、又、それがわかりあうことで、更に救われない、ふかい憂愁を味わいあうのであった。

そのこゝろもちを奪還するように、私が、

——どうしようというんだい。それを……

と、とがめるようにきくと、懐中電燈の男は、片手に蝙蝠をつまみあげながら、

——薬にする。……うまい。うまい。食べると、頬べたが落ちる。

といいながら、支那木履をかりかりひきずって、つれ立っていってしまった。

幻燈のガラス画をとりかえる時のような、倏忽《しゅっこつ》とした速さで、一つの可憐ないきものの死の光景が、くらやみのなかに映ってすぎていった。現実とはおもわれぬことのようである。……現実ともおもわれぬ身遠なことが、どうして又、このように、必要以上の傷ましい傷痕をこの心にのこすのであろうか。現実からうけたものと、そうでないものとのあいだのなまなましさに、どれだけのちがいがあろう。ちがいのないのは何故だろう。別事ではない。外界から限定された心の不満鬱勃と、ことごとのゆきちがいとに、

かてて加えて、金もなく行きつくあてもない旅のおもいが、それでなくても二人の心を切々とうっていたからであった。

バタビアの酷暑の一日が傾くと、ふたりは日没の街を、晩方まであるくのが常であった。

私たちは、そうした旧バタビアや、ウェルトフレデン（新バタビア）をほつき歩いた。どこへ行っても、蝙蝠がいた。軒下にも官衙《やくしよ》の尖屋根のうえにも、どこにもいた。馬糞くさい辻馬車のたて場にも、支那市場の人のちりつくした広場にも、また、野天のおどり場にもいた。しなやかな翼でばたばたやりながら、ダンテルの夜会服の汗ばんだ和蘭女のふとい腕をくぐりぬけてシネマの画看板のアドルフ・マンジュウにふれていった。あるときはまた、路ばたの、ワヤン・クリの幕に、もの好きなその影をうつしてすぎた。憂鬱で、しずかで、小心で、そのくせ、おどけもので、夜遊びがすきで、猶、純真とか、静居、孤独とかに対する一本気を失わない。そのためにこそいつも、外から傷められどおしの、そんな男と会っているようである。日のあいだは出てこない、そんな男に一度、うちくつろいで話をしてみたい。

蝙蝠はまた、テラスの電燈の絹傘のまわりを、いつまでも、追いかけ、追いまわしている。

――こゝだけは、生涯忘れることができない。

と、彼女が云った。それは、バタビア旧港である。なつかしい名である。魚市場《パッサル・イカン》の赤甍をめぐる、石で築いた濠のめぐりをよく、ふたりで歩いたものだ。掘割の石垣に鼻づらを競わせて、ぎしぎしときしみ、あつまっている爪哇《ジャワ》の漁船たち。そのへさきは烏帽子型をして、赤地に白の巴だの、淡みどりに黄の菱紋だの、あるいは、原始的な魚の顔だのが、極彩色で彩ってある。檣《ほばしら》は弓なりにそり、麻の色糸や、房、旗じるしなどがにぎやかにかざりつけられてある。網が干してある。荷上げは終り、舟のなかは活気づき、女たちは炊事の用意、舟から舟にわたした板子を渡り男たちは、賭博に集る。濠水が、市場をまわり込んで水門でせかれるところまでくる。水門のそばに章魚《たこ》の木が、淡紅の気根を、弱い落日に染めて立っている。水門をわたれば、色紙の奉納提灯をうる店と、乞食の並ぶ、ほこりっぽい道をたどって、回教寺の前に出る。魚市場の裏は、漁夫達のためのさかり場であり、スマトラ、ボルネオ方面へわたる人達の船待ちの休息所である。せりうりのサロン売。鋏やゴロクを並べたてたほし店、洗面器に入れたカレー料理。サオや、バナナ、懐中電燈をうる店などがならんで、赤白だんだらなシャツを着た回教徒や、中折帽のうえから赤布を巻いた逞ましいマドラあたりの漁夫や、その孀たちが、市場裏をごったがえしている。顔を被衣でふかく包み、眼ばかり出した若い娘が、母らしい老女といっしょに、牀几《しょうぎ》に腰かけたまゝじっと舟出を待っているらしい姿も目につく。生気のない爪哇人たちも、旧港だけが彼らの天地のようにいきいきとうごいている。その檣の林から、水門へ、市場うらへかけて、大小のおびただしい蝙蝠が、ふりまかれるのである。舟の胴の間に篝火が燃え、ものの色が仄かな色調とかわって薄明りのなかに浮び、さまよう頃、蝙蝠の数は十から二十、二十から三十、五十、百、千、二千と、ふえてゆき、あたまのうえの紫ガラスのような空の透明さのなかに、うす黄ろいゴムのようなはねをひらいて、はねの根元を重そうにきっくきっくと鳴らせながら、むらがったり、くずれたり、あつまったり、又かけちったりして、蚊を追いまわす。濠が海につゞく下流の堤防に沿うて、ボルネオに通う大伝馬船がつながれている。泥にも似た空低くを、帆布が風にふるえるような音をさせて、さしわたし、六尺もあるような大蝙蝠がわたってゆく。ゴーンと電線にぶつかる。夜陰の電燈が、一緒に眼をつぶるようにくらくなる。泥水のうえのうすやみを、すえくさい夜気のなかを、濡れて粘りのある翼が、うすいゴムが、益々ふえ益々、ひろがってゆく。そこから二つのオランダ風なはね橋を越えて、芭蕉林のうえを、水浴《マンデ》時刻のジャガタラ旧道の方へ、又はマンガ・ブッサルの霧のふかい河岸通りへ、全バタビアは、蝙蝠の街となる。

車道の象徴。夜党の紋章。切抜画のなかの切抜画、人間よりももっと、私に語ることの多い爪哇の民衆。

——あの蝙蝠は殺されたのではない。自殺したのだ。

私がそう云うと、彼女も、

——きっと、そうよ。

と云った。

私は、籐の腕椅子に黙りこくって沈みこんでいた。この社会がいかなる形をとって変化しても、人と人とのあいだの冷淡を狩りつくすことはできない。信じられるものがなにもないということが、私に、ほどけ口のない悲しみの種となっていたのであった。

鎧扉のある中庭に面した戸をあけて、外へ出た彼女が、アッと叫んで、月の光のなかに立ちつくしていた。その叫びにつられて私が出て行ってみると、彼女は、せきこんで語るのだった。

——ネ。これですっかりわかったわ。いつでも私が戸じまりをしようとして、外へ出ると、サオの実をいきなりぶつけてよこすものがあるの。……蝙蝠だったのよ、それが……不意に私が出てゆくものだから、庇《ひさし》にいる蝙蝠が、喰べようとして持っているサオを、吃驚《びつくり》して落して逃げてゆくのよ。

みると、白々と月に照らされた庭のまんなかに、一つのサオがころがっている。小心なものは、時折、横着者と同じことをする。私のこゝろはらくらくとなった。彼女も救われているらしかった。父親と母親のようなものが、並んで立っているふたりの中味を通りすぎていった。

珊瑚島

うつくしいなどという言葉では云足りない。悲しいといえばよいのだろうか。あんまりきよらかすぎるので、非人情の世界にみえる。赤道から南へ十五度、東経一〇五度ぐらいの海洋のたゞなかに、その周囲一マイルにたりるか、足りないかの、地図にも載っていない無人島が、かぎりなく散らかっている。それは、晴天下で、あやしくも人の目をいつわって咲いている。たぶらかしているのだ。或いは、くもり空のなかに怨じているのだ。驟雨《スコール》に、半分消えかけて、咽《むせ》んだり、しくしく歔欷《しやくりなき》をしているのだ。

胸のそこをむしばまれている少女たちのように、そこからはなんの肉情の圧迫を受けることができない。はげしい愛恋もない。熱の息吹もない。……うつくしい、けれどもそのこゝろのそこは、痴呆のようになんにもない。夜のようにまっくらである。いや、陰影すら印すことのないあかるさばかりの世界である。それだから人は、ひさしいあいだ、ここに止まっていることができないのである。

美貌の島。……

人生にむかってすこしの効用のない、大自然のなかの一部分のこうした現実はいったい、詩と名付くべきものか。夢と称ぶべきであるか。あるいは、永恒とか、無窮とかいう言葉で示すべきか。

ながい年月にさらされ、波浪に洗われた珊瑚虫のからだが積みかさなって、波打ち際をつくっていた。

軽くて、まっしろで、かる石のように無数の小孔のあいた、細ながい舎利骨片が、なみうちぎわをつくっているばかりではなく、小島全体をもりあげているのであった。小島を形成しているだけには止まらず、小島に近いまわりの海底までを、その珊瑚屑でぎっしりとうずめているのであった。

裸足のまゝで、海の浅瀬に立つことはできない。波打ち際をひろい歩きすることもできない。舎利のとがりが足のうらを刺し、いるにいられないからだ。

小舟にゆられて、ふなばたから島のまわりの海のそこをながめていると、ところどころに大きな菊目石が、花甘藍のように蟠踞するのがみえ、そのうえを、孔雀の尾のような青波がかぶる。その波の一かぶりには、木の葉のような、木の花のような、いく百いく千がかたまって、揺られ、散る。羽太である。拇指ほどの小さな縞鯛である。もっとうつくしい魚族である。虹のようなものである。

あるいは、珊瑚礁のすきまのぬる〳〵した青泥のなかにからだをうずめて、白い毒髯をゆらめかしているごんずいばかりが、一所に集っているところもある。

そうして、小島にしげる叢樹のいろは、うすみどり色に冴え、ますます若く鮮やかにみえ、飛びかいながらさえずる小鳥らの囀りが、甃をたゝきあうようにひゞく。

ときおりは、ボルネオ、スマトラあたりからわたってくる大型の帆前漁船が、樺いろや、白や、黄いろのだんだらを色どったふなべりに、渋いろの魚網を干しならべながら、この島のかげに休息にくる。ふなべりから漁夫たちが水中にとびこんで、水浴をする。この蔭には、あまり水の底が明るすぎるので鰐や、鮫がいないからである。しかし、彼らにしても、こゝに二時間以上止まろうとはしないのである。

生活のむずかしさ、辛さを身に応えながらも、あまりかけはなれた、あまりに心と心の遠いこの小島に、永居をすると不安になるのである。なぜならば、こゝには毒虫もいない。蚊もいない。蛇の類もいない。むろん人生もなければその追憶もない。それゆえ、止まっていることが、だんだん無気味になってくるのである。

たとうべきもののない寿命のながさと、その閑寂さがある。倦怠——褪せることをしらない色彩の不老がある。海は、くさ色である。空はますます鮮麗なふじむらさきである。風景は、硝子画の額のように、きよくて、あかるくて、すゞやかで、しかも、人間のこころではない無情さに、澄み透っている。

島のうしろ側の方は、比較的潮のあたりの少い内海になっていた。

そんなところは、底が淀んで、泥洲になって、いりこんだ場所には、水苔などが浮いていた。

マングローブ樹の気根ばかりが腐れ残って、みわたす水のおもてから、魚梁《やな》のように突出て、並んでいる。芭蕉のふとい木が倒れこんでいる。繊維ばかりになったのが、水づかりして、踏むとぶくぶくと泡をふく。泥とおなじ色をしたハゼに似た木のぼり魚が、そのうえにピンピンと跳ねて歩いていた。荒さびれた景色である。

森が湖水のなかへのめって、頭髪を突込んでいる所もある。章魚《たこ》の木が、淡紅いろの脚を、水辺近く垂らしてならんでいたり、枯木としかみえぬ、一葉もない枝のふたまたから、ふしぎに色あざやかな花が一輪、ちんぼこのように咲いていたりした。

どこから漂流しついたものともしれない四五匹の野猿の住んでいる小島もあった。海鳥の糞で淡雪のふったように白っぽけた磯もあった。あたまに椰子の木を植えた、団扇のようにまんまろい島もあった。糸のように、環のように細ながい島もあった。くちばしのおおきな巨嘴鳥が叫びまわっている森林をのせた、ものものしい芝居の舞台のような島もあった。そうして、すべてこれらの散在する無数の島嶼が、年齢十一二歳の少女のくちべにのように、清浄に、艶に、明けはなれてゆく海上に、一つ一つめざめてゆく姿ほど、地球上に、かなしく、きよげなものはない。

夜あけ前、まだくらやみのうちにタンジョンを出て、小舟に、ふろしきほどの帆を張って、爪哇人の舟子に漕がせて沖に出る。まだあらわれぬ陽の光が、水平線の段階の下方からさして、瑠璃のようなあおい色が海のうえに漾《たゞよ》い、私たちの島も、顔も、あたりいちめんをおなじ色で染めた。ガラス張りのなかを篝火がてらすように、水の大きなあつみの奥が、とゞくかぎりの底までありありとうつし出される。つぎの瞬間、くらい波のかどかどのあいだに、金粉にまみれた王冠のような島々が現われ、みるまにそれが、緋染めになる。それから水は、そのあらゆる筋肉の堆積を、むくむくと起上らせ、海が、青銅で作られた一つの逞ましい肉体であることを示す。小島は、その腕のなかで歓呼をあげる。そして、一日じゅう、彼らは唄う。かれらは、からだをゆすり、魂をゆさぶる。

小島のしげみの奥から、影の一滴が無限の闇をひろげて、夜がはじまる。

大小の珊瑚屑は、波といっしょにくずれる。しゃらしゃらと、たよりない音をたて丶鳴る南方十字星《サウザン・クロス》が、こわれおちそうになって、燦めいている。海と、陸とで、生命がうちあったり、こわれたり、心を痛めたり、愛撫したり、合図をしたり、減ったり、ふえたり、又、始まったり、終ったりしている。

諸君。人人は、人間の生活のそとにあるこんな存在をなんと考えるか。

大汽船は、浅洲と、物産と交易のないこの島にきて、停泊しようとしない。小さな舟は、波が荒いので、よりつくことが滅多にできない。人間生活や、意識になんのか丶わりもないこんな島が、ひとりで明けはなれてゆくことを、暮れてゆくことを。人類世界の現実から、はるかかなたにある島々を、人人は、意想《イデア》とよび、無何有郷《ユートピア》となづけているのではあるまいか。

スマトラ

スマトラ島

スマトラ島は、いろいろな意味で、永いあいだ、私が興味をもっていたところである。できるならば、半年ぐらい、すくなくとも二三ヶ月ほどは滞在したいものと考えていたのだったが、ゆく先をいそぐ旅の予定は、どうしてもそれが許されなかった。

爪哇から、馬来半島を縦断した私は、スレンバン、コーランプル、ペラ・イッポをすぎてピナン島に出た。それから、印度の方へ出なければならない旅の途次、やっと都合して、一週間という日時を、スマトラ瞥見にくり出したのである。

ピナンを午後四時に解纜するいぎりす船“Kuala”号の二等船客になって、スマトラ島北海岸のベラワン港にむかう。

日がくれてしまったあとまでも、海はラムネ玉のように青い。

キャビンのなかは、いやにむしあつくて、とても眠りつけそうもないので、籐椅子を占領して、デッキのうえでうとうとする。デッキの外へ、ぶらりとさげていた片腕は、はやくも南京虫に喰われて、一面に紅くふくれあがってうずきだす。

凪《なぎ》わたった航海ではあったが、なにしろ、二三百噸ぐらいしかない小汽船のことなので、横ぶりが殊にはげしかった。夜、余程ふけてからねむりつくことができた。眼をさました時刻は、午前七時、船はもう、ベラワン・デリに、しずかに辷りこんでいた。

満々とたゝえた海の水は、湖のように闊くさゞなみ立ってひろがり、両岸の塘と、溺れそうな青い樹木とにとり捲かれていた。

腐れた千本杭が左側に並んで、くすんだ港倉庫の低屋根が二つ三つならんでいるだけでなにもない。それが、港であった。——洪水が、地上のものをすべて押し流して去ったあとの氾濫を眺めるような、どきどきした、しかし、なにもない故に悲壮なかにかえって裕かなおもいのする風景であった。同室の支那人の語るところによれば、ベラワン・デリは、瘴癘の地として名高く、一度かゝったら三年も五年もリウマチスのような症状をひく悪性なマラリア蚊の棲んでいるところだそうだ。

税関の棟の前に船は繋がれる。支那人の税関吏が、旅行鞄を一々ひっくりかえしてしらべている。そして、せり市へいったように、上陸客と、税金の高や原価のことでいいののしっている。税関から出ると、軽便鉄道が通じていた。タクシーも三四台とまっていて、運転手が客をおっとりかこんで、争奪している。

メダン市まで、ベラワンから約三十分の自動車行程を走る。路すじには、人家らしい人家はない。ニッパ椰子の繁茂した海つゞきの沼沢地と、雑木林がいりくみ、はびこっているばかりであった。

日本の古い社寺の屋根に、千木《ちぎ》とよぶぶっちがいがある。それとおなしような交叉した角木のあるそりかえった屋根、それから矢張り日本の家とおなじように床の高い、梯子段で家へあがってゆくようになった土民の家が木がくれにぽつぽつ見えはじめると、メダンの街は、もうすぐ眼の前にあらわれる。

――メダンは、どこへつければいゝのですか。

と、運転手がきく。

――新メダンと、旧メダンと二通りありますが、どちらですか。

黙っていると解説を加えてたずね直す。

――なんでもいゝから、日本人のホテルへつれていってくれ。

といいうと、うなずき、

——それならば、新メダンですな。

と、ハンドルをまわす。

鉄道線路をはさんで、新メダンと旧メダンとが岐れている。あとになって知ったことであるが、官庁、銀行、会社、大商店などはすべて、旧メダン街のめぬきに軒を並べ、新メダン市は、ごく最近開けた区域であって、支那人の小うりの店や、小料理屋、活動写真の小舎などのある、いわば、下町とでも称んだらいゝ、新開地である。

そこには、日本人経営のホテルが、四十何軒もある。アヅマホテル、ヤチヨホテル、スマトラホテルなどと、和蘭字とマレイ字で書いてある。軒には、日本の酸漿《ほおずき》提灯などをつるしてある家もある。その一つであるヨシノホテルと書いた家の前で、私ののってきたくるまは止まった。

入口の土間には、簾《す》の衝立が一つ立ててあった。そのうしろは、ガランとしたたゝきの間で、粗末な木のテーブルが二台と、椅子が五六脚並べてあるきりで、装飾一つない。私が入ってゆくと、束ね髪をした若い土人女が坐って、檳榔をしがみながら、顔を見上げてにたにたと笑っていた。彼女のかたわらを、かまわず通りすぎて奥へ入ってゆくと、床をたかくして日本の畳を四枚ばかり敷いた小部屋がつくられ、土人の女が、一人は仰向けになってねむりこけ、一人は、裳の裾をたかくまくりあげて、ふくらはぎの膏薬を塗りかえているところであった。奥につゞいたもう一間のやゝ広い、茶の間らしいところから、四十かっこうの日本人が顔を出した。私がスマトラへわたってきた意図などをかいつまんで話すと、主人は、珈琲を入れながら、ぼつぼつと、しかし、非常に率直に、日本人のスマトラに於ける現状や、地位を彼なりの観察できかせてくれた。この家に入ったとき、たゞちに察せられたホテルという名の性質が合点された。ホテルにとまっている女達は、爪哇生れが多く、それもチェリボンが本場とされている。次は、馬来人、本国スマトラの女は稀だという。こゝ十年以来、日本女のしょうばいにんは一人もいなくなったが、そのむかしはメダンが日本の女で栄えにぎわっていたような時代もあったという。その女の人たちは死んだり、追いはらわれたり、和蘭人などに落籍されて、奥地の煙草園に入りこんでしまったりしたのだ。奥地で富裕になった和蘭人の配偶も、年がふけるにつれて故郷なつかしく、日本人恋しく、メダンに茶のみ友達をさがしに出てくる。働くに途のないいくいつめもの、のらくらものの独身男の市が立って、選ばれた男は女とつれ立って奥地に入る。和蘭人もそれを見逃している。性質のよくないそうした男たちは、女の国元へ送金してるといって金をごまかし、貯えた女の小金を口車一つでばくちのもとに引出す。そんなこともよくあったそうである。

ホテルに室をかりている女達は、部屋代を払い、各一室をもって、夕刻からおもてのたゝきの間に出て店を張り、客は自分の室に引っぱってゆく。女達の収入は可成りの額にのぼるそうだが、貴金属の装身具や、腕環、耳かざり、胸飾、足にはめる環など——ダイヤモンドや、紫宝石入りのものなど——を買う仲間同士の虚栄のための、結局、ホテルの主人に前借がかさんで、身うごきが出来なくなってしまう。彼女らは、概して人がよく、だまされ易く、大食で、ものを忘れっぽく、つらいことを何度くり返しても、ものにこりたり、反省したりということをしない。

在留の日本人には、新旧両様の型がある。

新しい型の日本人は、日貨進出の先供であって、相当に計算のたった目論見と、資金をたずさえて乗込んでくる連中で、メダン市の旧メダン市の方の住人である。旧い型の日本人は、所謂、現在は、正業とてなく、ホテルの主人などになって生計をつないでいる連中で、旧い時代の南洋を夢にみて、無一物同様でわたってきた人達である。嬪夫(日本女の誘拐、売買の荒仕事から、女に喰いさがって喰っていた連中。)もあれば、いくたびも領事館から追放命令をうけたことのある、密輸入者の仲間もいる。

——部屋はつくっておきますから、是非一泊していってください。

云われるまゝに、とも角も、旅行鞄を表のたゝきから奥にはこんだ。気候は丁度、日本の秋のようで、陽が強いのに、物蔭はひいやりしていた。午後に一度、大驟雨が通りすぎていった。昼食のあと二時間は、官衙でも、銀行でも、おもての扉を閉めて、誰も彼も抱枕をかゝえて昼寝をすることが、蘭領東印度諸島の習慣である。昼寝がすむと、たゝきになった裏の水浴場《マンデ》で、頭から水をかぶって水浴をする。女達は、それから、お化粧にかゝる。くらい皮膚のうえに、ところはげたお白粉を塗り、髪には、茴香《ういきょう》の花を、擬ダイヤの留針《ピン》で斜めにとめる。手鏡を出して、おのれの化粧映えを、首をふったり、嬌をつくったりしてながめている。

黄ろい燈火が入る頃になると、彼女達は表の椅子に並ぶ。カレー飯売りをよび込んで、パラパラな飯を、指の先でまるめては、口へはじきこむ。米粉ゴリンを食う。サッテ売りをよびとめる。みていると彼女たちはほとんど休むひまなしに買喰いをしている。素見に、ぞろ〳〵入ってくる男達は、大方土人に限られていた。ベタベタと跣足で入ってくるもののあいだに、たまには、かりかり鳴る支那木履を引きずる音もきこえた。

私は、二階の寝間に案内された。床に入ってから日記をつけたり、手紙を書いたりしたいと思ったが、電燈が暗くて、すぐ眼がしばしばしてきた。ベットにはりわたした白い蚊帳に、からだの飴色に透いた小さなやもりが走りまわるのを、相変らずこゝでもながめながらねむった。

翌日、旧メダン市の郊外、カンポン・キリンという一区劃の日本人の老婆の家の、だだっぴろい二階の一室を借りて、そこにうつった。

しずかと云えば、申分がなかった。室のうしろはすぐ水浴場《マンデ》であり、そこからは、みわたす限り黒々とした森林が、際涯もなくつゞいているのがながめられた。

表窓に面する方は、陽の照付が多すぎる。往来を挾んで、商品陳列場の柴田氏の宅が玄関から奥の室までみおろしになってみえた。奥地に山林をもっている池田氏の家は、一軒おいた隣家で、表通をもう少しゆくと、家具設計家の荒谷氏の家があった。メダン在留民三百人とみて、下町の連中は半数に数え、旧メダンの人間は二百人に足りない。領事館、三井物産、スマトラ木材（現在はない。）商品陳列所をのぞいては、日本雑貨洋品店の個人経営の大きな商店が四五軒と旅館、写真師、理髪師などが五六軒ある位である。日本人会と、本願寺兼日本人小学校も所在する。世界的不景気の影響は、ここにも充分波及していた。が、ゴムのスレンバンほどうちのめされたわけではない。近年邦貨の進出と、蘭印政府の「待った」の影響は、爪哇と同断であろう。

爪哇は十年以前に開拓しつくされ、馬来は現在、開拓され終ったところである。スマトラは、今後猶、五十年の事業が捨ててあり、セレベスには、百年の糧があるとされている。各国の資本はいまや、爪哇を棄て、馬来を放擲して、スマトラに集注しつつあるといってもいゝ。

三井に競争して最近、三菱の新勢力が突進してきているが、それらの大きな資本の前に、個人商店の打撃がようやく甚大たらんとする傾きがある。

——近頃では、三井物産で、寒天のような小さなものまでも取扱っているので、我々の範囲が狭められて困ります。これは一つ考えてもらいたいもので。

と、懊悩をもらしている人達もあった。

スマトラを競争場裡とする資本国は、イギリス、ドイツ、アメリカ、フランスなどがその他の主なものであるが、そのうちでも、独逸人の計画の遠大で、底力のつよいことには、誰もが感嘆していた。

メダンを中心として私は、四五日間の滞在日数を、おおかた近辺の散歩に費してしまった。

こゝろみに、爪哇や馬来とスマトラを比較してみよう。（メダンを知っているだけのわずかな経験から憶断するのを許してもらえれば……）

爪哇の風景は、鋤《す》きかえされた陸田、罅《ひゞ》割れた土塊の骸ろである。馬来半島は、明るい雲々の変化にみち、人間は軽薄な文化に憧れている。ここ、スマトラにわたってみると、老樹はいたるところに陰影をつくり、じぶんの室のなかにいても、くろぐろと繁茂するものの、ひそまりかえったしずかさが徹《こた》えてくる。

おなじ植物でも、こゝの植物は、すべて、そのうまれだちが粗暴で、強力で、身のたけがずぬけてのっぽで、縦横無尽、おもいのまゝないきかたで、密生している。スマトラの自然は、いつも樹木の下蔭になって、ひるでもまるで、夜のようだ。

和蘭風な低屋根がならんでいるメダン全市も猶、森林の延長であるのにほかならない。これらの植物の動静は、北方の森林にみるように、静的、哲学的、乃至は浪曼的な世界ではない。それは、むしろ、おもいきった動物性の表現である。

のこぎり鮫のながい歯をそらにおし立てたような椰子の茎が、押しあい、へしあいしている。幹はまるでタンクだ。一ぱい汲みあげた水量のために、自分の重たさでどいつもぎしぎしいっている。前世紀の巨大な恐竜の骨骼を、そのまま森にくみ立てたようなポンセゴン樹や、榕樹などが、奇怪きわまる肢体をくみあわせる。樹と樹とは、おしかさなったうえに、一そう、押しかさなり、お互に絞めあい、くさい息を吐き、全身汗まみれになって、血と血を吸いあい肥っている。

その密樹のあいだに噴出るように冷たい霧がながれ、その霧にぼかされて、古風な瓦斯燈が、みどりがかった光圏をつくっている。旧メダンの住宅地はそんなところだ。

爪哇の地平線は、かわききった土塵のために、赤黒く焦げついているようにみえた。マレイの地平線は、丘陵の跳躍《バウンド》によって、かぎりなくひらけていた。スマトラでは、繁茂のうしろ側は、さらにふかい植物の深淵を見おろして、樹葉の絶壁のむこうに眺望が切っておとされるのである。


スマトラはまた、水の臭いの強いところである。

その水はいきもののようなはげしい意慾をもって、戦っている樹木らの大群をひたし、溺らせている。

ことごとく枯れて、鉄さびだらけになった椰子林が、数哩のあいだつゞいているところもあった。簾《すだれ》のなかをゆくようなニッパの木漏日、マンガや、ツマランのおどろくべき巨木、あるいはサゴ椰子が、あらっぽく、たがいのからだの皮を剝《は》ぎあって、血みどろ血がいになって腰から下を、水漬しにしている沼沢地もあった。

それらの植物から植物にうちつゞいて、あだかもスマトラ全島が、途方もなく枝のひろがったいっぽんの大樹のもとに蔽われているかの観があった。

スマトラの自然は、本能的で、ラフで、方図がなく大きくて、くろぐろとしている。

爪哇には、モジョパイト王朝以来のさまざまな文化の遺跡、旧跡の紹介すべきもの、王宮のあと、輪奐の賞すべきものがたくさんある。馬来には猶、ポルトガルの由緒ふかい港マラッカや、回教寺、極楽寺、みるべきものが皆無ではない。スマトラにいたっては、そういったものが、とりたててなに一つない。たゞ、森がある。森をひたした大きな湖水がある。人間をしらない原始林にすべてがつゞいている。それだけである。

サリカット・イスラム——サリカット・ブルウム・インドネシアという民族団体、が爪哇にある。

和蘭に対する爪哇人の民族独立運動の秘密結社であるが、元来は、回教王国を夢にみる宗教的感情の濃厚な団体によって組織されたものであった。現在では、爪哇からロシアへ留学する者が多く、サリカット・イスラムがコミンテルンの影響の下に、コムミュニズムと回教を融合させた革命運動にまでもってゆこうとする急進分子が出来、イスラムは、この急進赤化分子を排撃して分裂をみるに至った。

それらの過激思想は、支那人の影響によるものが多く、シンガポールは、怖るべき支那共産党員の巣窟である。しかし、彼らもうっかり身動きすると英国官憲の手でおさえられ、本国へ配付つきで送りかえされるのだ。かえされる先は大方広東であるが、広東政府は、彼らの上陸をまって、銃殺してしまったものだ。それにもかゝわらず党員は、行商人となり、苦力と化けこんで、近海諸島にまぎれこみ、土民の赤化につとめている。人人は、それをうっかり考えていることはできない。民族運動は、マレイ、スマトラ方面にも、鬱勃たる潜勢力をもっていないことはないが、形にあらわれているものとしては、ほとんど言うに足りない。マレイ人は、遊蕩で、懶惰な人民である。

スマトラ人は、素朴で、きいっぽんであるがまた、幼稚な頭脳の持主でしかない。しかし、過去に於ても、部落と宗教のための結合に於て、彼らほど、堅固で、勇敢な民族はなかった。古武士達は、投槍楯をもって、ごく近年まで、和蘭の砲門をうけとめて、久しい驍勇の名を南海諸国のあいだにはせていたものであった。

彼らは、いま猶、爪哇人馬来人に比して多分に土人としての威厳を保有している。それは、一寸した応対のあいだの態度にも現われる。

頑な、迷信的な、うちとけにくくされるようなものがあるが、そのことは、たゞちに、彼らが猶、侵略者のまえに卑屈になっていないことを証拠立てていることでもある。

ほとんど、毎日のように新聞紙上に、山の白人が、土人の鎌で惨殺された記事がのっかっている。

その理由もたいがいは、虐待労働の結果とか、蘭人が、土人の婦を盗みとった場合とかに、逆上して行う犯行であるが、なかには、結束して一家を襲撃するような例もある。それすらも、彼らがたゞ野生的で、個人的感情が基因となっているにすぎない。煙草畑や錫山を経営している白人たちは、内心、戦々恟々としていないものはないのである。人を殺すにも、樹木を伐採するにも、彼らは、腰にさしたパランと称する大鉈を使用する。女も、スマトラの女は、爪哇の女のように娼婦としてうまれついてはいない。馬来人のように、性行為が出鱈目で、無節度きわまるものでもない。むしろ、厳格で、質実で、男以上のはげしい労役にたえて働いている。

早朝、おもての方でがやがやと人の騒ぐ声がするので、いそいで窗をひらいて街を見おろした。

山の土人たちが、さし荷いで、荒木づくりの荷箱をかついでおりてきたのである。箱いっぱいに、とぐろを巻いた巨蟒をうりにきたのだ。大人や子供がそれをとりまいて騒いでいるのだ。

私は下りていって、おもてへ出てみた。いきている黒味がかった鱗はつややかに、太陽の光でそれが、宝石を底にちりばめたように、燦めいていた。

——こいつは、一番めずらしい奴ですよ。曇天にみるとまっくろなからだが、緑いろになり、夜みると、全身が燐で燃えているようにみえます。

と、傍にいた日本人が、私に説明してくれた。

子供たちがそばへよって、棒の先でつゝいてみても蛇は、死んでいるのか、生きているのかわからないほど、じっと構えて、うごかなかった。よくみていると、鼻の穴だけがうごいている。金塊のように底重りのする、奥ふかい光気が、その全身に漲っていて、スマトラの大鬱林に住むいきものとしては、いかにもふさわしいという気がした。

——二三日以前に、沼地でこいつを発見したんです。それからまる一昼夜かかって、箱を製造して、あがっていってみると、奴さん、まだ、ちゃんと元のところに、元通りの姿勢をしているんです。箱のふたをあけて、一方から追いこむと、自分でのろのろと、この通り、箱のなかへはいってしまったんです。温順しいものですよ。

と、宰領がいった。

どこからか、支那人が多勢あつまってきて値をつけはじめた。

猪、象、蜥蜴《とかげ》、蝙蝠、虎、鰐、なんでも、支那人の食わないものはないが、とりわけ、大蛇の肉は大好物だそうだ。

彼らは、刃のひろい、大きな庖刀で、大蛇のなま首を無造作にすとんと落す。みている眼の前で、数十尺の皮と肉とが、土人にはぎとられてゆく。森の魔王もなにもあったものではない。

肉は、大切りに切られて、一一、それには鉤がぶちこまれ、量り目方となってしまう。皮は、婦人靴が何足、ハンドバックがいくつ、飾帯とステッキと、煙草入《シガレット・ケース》がいくつと、計算されてしまう。それでおしまいである。

南洋各地に於ける支那人の経済的勢力は偉大なものである。

英領各地に於ては、支那人と土人とが、もはや、みわけがたいまでになって、奥地には獰悪な、危険きわまる支那人の出没するところもあるが、蘭領の支那人は、労働者の入国が許されないという関係上、土人より階級が上位にある。

特に、爪哇方面の支那人は、数百年来の移住者であって、その蓄積した富の程度は、爪哇全土の経済を支配する力をもっている。彼らは、独特の商法と、貯蓄心とをもって、ながい年月に土人をしぼりつくした感がある。

本国の争乱をよそにして、南洋は、彼らにとって、実に平和の楽天地なのである。海南島の人間と、福建省、広東省、広西省の人間がその大部分である。

スマトラに於ても、もはや、支那人の勢力は、根づよく喰入っている。それは、あだかも、榕樹が、まず、他の大木のまたに寄生して、そこから気根をおろし、栄養を吸いとって、ついに、親木をしめころし、数町にわたって繁茂するありさまを髣髴している。

彼ら相互の職業組合や、同郷のものに対する協力の精神はおどろくべき鞏固《きようこ》なものであるが、同程度に、排他心も強いのである。ながい年月と、風土習慣を異にしても猶、ぬくことのできない支那魂をもっている。

翌くる日は、もう、ピナンへ帰る舟にのらなければならないという前の晩、荒谷氏らと歓談した。E氏所蔵のスマトラ人の芸術品を見せてもらう。真紅な鬼の面をえがいた、縦六尺もある木の大盾、水牛の角細工、鳥の羽でかざった冠などがあったが、爪哇や、バリーのように巧緻繊細なところのあるものは一つもなかった。

線がふとくて、感情が直截で、色彩が原始的で、大胆で、野蛮な意慾の世界が、なんの遠慮もなしにぐいぐいと表現されているのが小気味よかった。

宿にかえって、床についたが、旅先の予定を考えたり、仕事の順序を立てたりして、なかなかねむりつくことができないうちに、二時がうってしまった。辻馬車の鈴が、遠くの方にきえていったが、余音が耳殻の底にのこってきえない。

鶏が、けたゝましくさわぎ出した。云いののしる人の声が、裏庭の方でそうぞうしい。水浴場へ飛出してみると、五六人の人が、がやがやといっているのが下の方にきこえる。やがてE氏がそこに、銃をかつぎ出してきた。

——なにがあるんです。

——蜥蜴が鶏をとりにきたんです。七尺はたしかにあるやつです。

——どこにいるんですか。

——あの高い椰子のてっぺんにのぼって、葉のあいだにかくれてるんです。

人人がふり仰ぐ方に、ひょろ〳〵と高い二本の椰子が、くっつきあって、星空のなかにのびあがっていた。

私は、今夜のように深遠な場所から、燦爛とさがっている星斗をみたことがなかった。大蜥蜴は、じつにもろく射殺されて、墜ちてきた。

私のスマトラ島滞在は、前にも述べた通り、あまりにも短かい時間であった。パレンバン——こゝは、パレンバン王国の古都——にくだるスマトラ縦断の汽車旅行は、いかなる犠牲をはらっても、是非決行したかったのであったが、時日をきって、待ちあわせなければならない人が、すでに、巴里《パリー》に到着しているので、第二の機会にゆずることのやむなきにいたった次第である。

第二の機会に於て私は猶、深く入りこんだ報告をもたらすことができるであろうが、今日スマトラに就いては、一週間の知識、この程度のものしかもっていない。

たゞ、スマトラ全島は、近い将来に於て、外国資本の手によって解体《ふわけ》されつくし、住民の生活様式にも、一大変転がこなければならないということは、疑うべき余地はない。

爪哇はもはや、骨も、皮も残ってはいない。馬来半島は、毒の注射をうけて、全身が痺れてしまっている。そして、こゝ、スマトラはいま、俎《まないた》のうえにのせられたばかりである。

跋

南洋の旅行記を山雅房の川内氏の好意で出版のはこびになった。

この旅行記は、もっと早く出版したかったのだが、都合が悪くて今日まで延びてしまったので、少々今日の事情とは変ったところが出来、一部を書直さなければならなくなった。

この旅行記に収めたものは、馬来半島ジョホールのゴム園と、スリメダンの石原鉱山を中心にしたもので、爪哇、スマトラの旅行記は附録程度に量が少い。爪哇旅行については別巻をなす位のものがあるので、それは他の機会に一冊にまとめて、第二巻に相当するものを出したいと思っている。

旅行記の方法は、自然を中心とし、自然の描写のなかに人事を織込むようにした。幸いに、熱帯地の陰暗な自然の寂寞な性格が読者諸君に迫ることができたら、この旅行記の意図は先ず成功というべきである。南洋案内、南洋産業地誌に類する書籍と併読されゝば、一層、具体的な効果をおさめえられると思う。たゞ行文拙劣、観察浮薄をまぬかれず、精進の途にある一文筆人のこの一足跡に大方の批判鞭韃を待つものである。

旅行中、激励教示をいたゞいた、シンガポール日報長尾正平氏、大木正二氏、三五公司現地員各位、爪哇日報松原晩香氏、バトパハ日本人会書記松村磯治郎氏、バトパハ芳陽館主人鎌田政勝氏、石原鉱業当時バトパハ支配人故西村氏、等に感謝を捧げる。

金子光晴

解　説

松　本　亮

『マレー蘭印紀行』は昭和十五年十月二十日の奥付をもって上梓されたが、これは昭和三年から昭和七年にわたるほぼ四年間の異国放浪の途次におけるシンガポール、マレー半島、ジャワ、スマトラでの見聞をもとに、この旅の途中、また多くは帰国後じょじょに、出版のあてもなく書きつがれていったものである。

昭和三年から昭和七年、さらに昭和十五年へとつづく時代は、周知のように日本の軍国主義がひたすら太平洋戦争へとなだれこむ状況を構成している。軍国主義の眼は南方へも伸びており、南方そのものはすでに西欧諸国による苛酷な植民地支配の暴力にあえぐこと久しい。暗鬱の時代状況は、しかし本書のそこかしこに痛烈に反映することはあっても、その総体ではない。

そこにあるのは痛ましいまでに練りあげられた散文の粋である。精緻な文体、的確な表現に支えられてみごとに彫琢された南方の風土、そこに住む人びとのなりわいであり、そして何よりも金子光晴自身の精神のうつろいの軌跡である。紀行文というにはあまりにも冴えざえとして、〝美しい〟としかいいようのない、鋭く、鞭のようにしなう言葉の群れである。

金子光晴の死の年（昭和五十年）の暮、私はクアラルンプルからシンガポールまで車で南下、途中、バトゥパハに一泊した。マレー半島の小都市バトゥパハにかんして、金子はその死の前年刊行された『西ひがし』につぎのように記している。「そうだ。僕はまだ、バトパハにいるのだった。おそらく、僕の友達が二百人いるとしても、これから先もそのうち一百九十八人は知らないで終るにちがいない、そのバトパハにいるのだった」――ほぼ四十五年の歳月をへだてたバトゥパハだったが、なおバトゥパハ川はたっぷりした水量をみせ、水生のニッパ椰子は「すさまじいほど清らかな／青い襟足をそろへて」（『女たちへのエレジー』より）、カユ・アピアピはしなやかな楊柳ににて、夜ともなれば螢火をやどしてバトゥパハ川にしなだれかかり、「バトパハ河の碼頭にそう日本人倶楽部の三階に私は、旅装を解いて」（本書より）とある日本人倶楽部の建物もまだ昔日の俤をそのままに、そこに在った。

私は少女の修学旅行のようにして、そこで「バトパハ」の項を読んだ。四十五年のタイムトンネルを一瞬に遡った面持で、その描写の的確さに驚きの叫びを放たずにはいられなかった。「部屋の三方に、一一指で押すと、蝶がうしろで羽をあわせる形に、鎧扉がばたばたとひらいて、風が吹き通し、朝な夕な、部屋は空に乗りあげる。バトパハのどこの牕《まど》をひらいてもみえるように、そこからも、水煙りをあげて瀟洒な若々しいカユ・アピアピがみえた。」「南郊バナン山から、こらえ情のない驟雨《スコール》がおりてくると、かわいていたものは息をつき、クラブの水浴場《マンデ》の石の窓ぶちにのせた鉢植の蘭や紅芋の葉はたちまち濡色を増す。すがすがしい水浴の肌に、糊のつよいシャツをきかえ、黄塗の支那下駄のゴム鼻緒を足指につっかけて、屈托もなく熱帯の夕ぐれの街をそぞろあるくのはたのしい。すでに軒廊に円卓をもちだして、支那の商家の一家族が晩食をはじめている。主人も、小僧も一律に、一つの、皿の菜をつゝき、一つの湯の丼に箸をしずめる。」「天后宮の廟の屋棟《むね》の宝珠が月の出にあかるみそめると、廟前の石橋に腰をかけて、ちゃん刈で、蠟引ズボンをはいた支那の若い衆が、横笛の稽古をしている。」

土地の人が説明してくれた。この三階建の大きな建物はもともと集僑倶楽部で、その三階の角部屋が日本人倶楽部だった。この日本人倶楽部は一九四一年（昭和十六）皇軍住所となり、一九四五年（昭和二十）、三年八ヵ月ぶりで東洋倶楽部となり、現在は沙曼拉体育会《シャバンダルスポーツクラブ》である、と。その部屋に入ると、玉突台と卓球台がおかれ、それは四十五年前の描写にある玉突台そのものかと思われ、その部屋の片隅には三つの仕切部屋があって、それぞれにベッドが並び、それらの部屋の入口の鴨居には部屋の名が記され、奥の部屋は明らかに酔月とよめる。

屋上にあがれば、眼下にバトゥパハ川があり、南を望めばなだらかな小丘バノン山が指呼の間にある。日暮れて町のそぞろ歩きをたのしめば、天后宮は紅灯にゆらめき、香煙とみにたちのぼり、善男善女のお参りがあとをたたない。

河岸の軒廊のはずれにある珈琲店に坐って「私は、毎朝、芭蕉《ピーサン》二本と、ざらめ砂糖と牛酪《バタ》をぬったロッテ（麵麭）一片、珈琲一杯の簡単な朝の食事をとることにきめていた。」そのコーヒーとパンは滅法うまく、私を驚かせたものだった。似顔絵や風景画をかくことにより細々と金銭を得て、旅をつづけなければならなかった金子にとって、無料の宿であったバトゥパハの日本人倶楽部はそのほのぼのと明るい風土、シンガポールでの日貨排斥の手もとどかぬ土地柄とともに、困難な放浪の旅の唯一の避難所であったと思われる。本書や『西ひがし』にみるバトゥパハはそれを裏書きしてあまりあるといえるだろう。

その重要さかげんは、「ニッパ椰子の唄」（『女たちへのエレジー』）の名詩をうみ、また森三千代の名作「国違い」「帰去来」（『森三千代鈔』）への素材提供となり、さらにはシンガポール、ジャワ、スマトラをへめぐった後にみる詩集『女たちへのエレジー』や『鮫』の原点として、金子光晴をして不偏不党、融通無礙、「僕？　僕とはね、／からっぽのことなのさ」(「くらげの唄」より)といわしめるにいたった芳醇の変貌に強くかかわる束の間の思考の安息所だったことにある。

後年金子光晴は、自分の爪や指がほんとうに自分の指であり爪であるか確かめるために詩をかく、あるいは、自分の血や骨や筋肉や軟骨などに直接その想いを語らせたい、などと書いた。詩に限らず、その文章の鋭さ、的確さはこうしたすぐれて触覚的な表現態度からくるもののようである。だがそこにいたる思考の底に、当然のことながら、自分自身をもふくめてのことなのだが、ゆらめきうずく強烈な人間不信の情念の介在を見逃すことはできない。

金子ほど身内また手の届く範囲の人びとを盲愛とまでいえるほどに可愛いがりつづけた人を私は知らない。その関心に十全に応えるとはどういう形でなければならなかったかは別として、いまはこの『マレー蘭印紀行』のみごとな成果の裏にひそむ諸事情を、より深く本書を味読していただくための一助として記しておきたいと思う。というのも日常の諸事情、病気や金銭や、恋愛その他卑近な経験が如実に作品に反映することの、ことに激しかった詩人だと思われるからである。

足掛け五年の異国放浪には妻森三千代が同行した。三千代には恋人がいた。その三角関係を解消しうるものならというのが、この異国放浪を金子に決意させた最大の原因の一つでもあった。東京出発直前までのほぼ一ヵ月間、三千代は恋人とともに茨城県高萩海岸にあり、出発にさいしては、せいぜい名古屋、大阪までの旅費しか手元にないというありさまだった。金子光晴亡きあと、私は病床の森三千代とつぎのような対話を交したことがある（『金子光晴全集』月報より）。

松本　それで、中国からマレー、ジャワ、パリまで旅行されて、その間にHさんへの気持というのは、森さんからだんだんに薄れていかれますか。

森　そんなことありません。

否定の語気の激しさを私は忘れることができないだろう。〝Hさん〟（土方定一）はまた森三千代に昭和初年の新しい思想運動への関心をよびさましてくれた人でもあった。さらに、対話の中で、旅行中の社会主義思想への関心にふれるくだりがある。

松本　その点、金子さんはどうだったのでしょう。いろいろ話し合われたことはありましたか。

森　金子とは旅行中も、そういうことで話し合ったことは一度もないんです。私一人で勉強したり、一生懸命に考えこんだり……。ほんとは金子とも話したかったんですけど、どちらからも、そういう話はしようともしなかったし、話したりすると、喧嘩になりそうだったんです。しないほうが、おだやかな旅行ができました。

あとになってからは、ああ、やっぱり金子も、私と同じようなことを考えて、旅行してたんだなあと思ったんです、金子が書いたものを読んで。


〝ハダハダな生活〟とか〝ハリハリした人間の触れ合い〟、それらは金子特有の言葉であった。最愛の妻との間にこうした状況のひそんだマレー蘭印の旅、それは焼けつく太陽に熱く眩ゆく照らしだされながらも、夜の漆黒の闇に跳梁するもののけにおびやかされる旅でもあったのだ。しかも明日の二人の旅費を稼ぐため金子は苦慮しつづけたのである。その中でみた無人の島「珊瑚島」の清らかさへの讃美の一文はことに私の胸をつく。

さらにいえば、本書の大部分を占めるマレー半島での記述「センブロン河」「バトパハ」「スリメダン」「コーランプル」などは、森三千代がシンガポールからパリへと先発したあと独り訪れた土地であり、またバトゥパハはパリからの帰途のひとり旅にシンガポールへ寄港するや、とるものとりあえずすっとんでいったカユ・アピアピの町だったのである。

本文中には、現在の人権意識に照らして不適切な表現や、人種差別ととられかねない表現がありますが、執筆当時（昭和三年〜十五年）の社会・文化的背景や、著者（故人）の意図が差別を助長するものではないことなどを考慮し、原則として原文のままとしました。（編集部）

『マレー蘭印紀行』　一九四〇年十月　山雅房刊

中公文庫

マレー蘭《らん》印《いん》紀《き》行《こう》

1978年３月10日　初版発行
2004年11月25日　改版発行
2017年10月５日　改版６刷発行

著　者　金《かね》子《こ》光《みつ》晴《はる》

発行者　大橋善光

発行所　中央公論新社
〒100-8152　東京都千代田区大手町1-7-1
電話　販売 03-5299-1730　編集 03-5299-1890
URL http://www.chuko.co.jp/

ＤＴＰ　平面惑星
印　刷　三晃印刷
製　本　小泉製本

Published by CHUOKORON-SHINSHA, INC.
Printed in Japan　ISBN4-12-204448-0 C1195

各書目の下段の数字はISBNコードです。978－4－12が省略してあります。

中公文庫既刊より

か-18-7
どくろ杯
金子光晴
『こがね蟲』で詩壇に登場した詩人は、その輝きを残し、夫人と中国に渡る。長い放浪の旅が始まった――青春と詩を描く自伝。〈解説〉中野孝次
204406-7

か-18-9
ねむれ巴里
金子光晴
深い傷心を抱きつつ、夫人三千代と日本を脱出した詩人はヨーロッパをあてどなく流浪する。『どくろ杯』につづく自伝第二部。〈解説〉中野孝次
204541-5

か-18-10
西ひがし
金子光晴
暗い時代を予感しながら、喧噪渦巻く東南アジアにさまよう詩人の終りのない旅。『どくろ杯』『ねむれ巴里』につづく放浪の自伝。〈解説〉中野孝次
204952-9

か-18-11
世界見世物づくし
金子光晴
放浪の詩人金子光晴。長崎・上海・ジャワ・巴里へと至るそれぞれの土地を透徹な目で眺めてきた漂泊の詩人が綴るエッセイ。
205041-9

か-18-12
じぶんというもの　金子光晴老境随想
金子光晴
友情、恋愛、芸術や書について――波瀾万丈の人生を経て老境にいたった漂泊の詩人が、人生の後輩に贈る人生指南。〈巻末イラストエッセイ〉ヤマザキマリ
206228-3

か-18-13
自由について　金子光晴老境随想
金子光晴
自らの息子の徴兵忌避の顚末を振り返った「徴兵忌避の仕返し恐る」ほか、戦時中も反骨精神を貫き通した詩人の本領発揮のエッセイ集。〈解説〉池内恵
206242-9

か-18-14
マレーの感傷　金子光晴初期紀行拾遺
金子光晴
中国、南洋から欧州へ。詩人の流浪の旅を当時の雑誌掲載作品や手帳などから編集する。晩年の自伝三部作へ連なる原石的作品集。〈解説〉鈴村和成
206444-7

い-42-3
いずれ我が身も
色川武大
歳にふさわしい格好をしてみるかと思っても、長年にわたって磨き込んだみっともなさは変えられない――永遠の〈不良少年〉が博打を友を語るエッセイ集。
204342-8

い-42-4
私の旧約聖書
色川武大
中学時代に偶然読んだ旧約聖書で人間の叡智への怖れを知った……。人生のはずれ者を自認する著者が、旧約と関わり続けた生涯を綴る。〈解説〉吉本隆明
206365-5

い-87-1
ダンディズム　栄光と悲惨
生田耕作
かのバイロン卿がナポレオン以上に崇めた伊達者ブランメル。彼の生きざまやスタイルから〝ダンディ〟の神髄に迫る。著者の遺稿を含む「完全版」で。
203371-9

う-9-4
御馳走帖
内田百閒《ひゃっけん》
朝はミルク、昼はもり蕎麦、夜は山海の珍味に舌鼓をうつ百閒先生の、窮乏時代から知友との会食まで食味の楽しみを綴った名随筆。〈解説〉平山三郎
202693-3

う-9-5
ノラや
内田百閒
ある日行方知れずになった野良猫の子ノラと居つきながらも病死したクルツ。二匹の愛猫にまつわる愛情と機知とに満ちた連作14篇。〈解説〉平山三郎
202784-8

う-9-6
一病息災
内田百閒
持病の発作に恐々としつつも医者の目を盗み麦酒をがぶがぶ……。ご存知百閒先生が、己の病、身体、健康について飄々と綴った随筆を集成したアンソロジー。
204220-9

う-9-7
東京焼盡《しょうじん》
内田百閒
空襲に明け暮れる太平洋戦争末期の日々を、文学の目と現実の目をないまぜつつ綴る日録。詩精神あふれる稀有の東京空襲体験記。
204340-4

う-9-8
恋日記
内田百閒
後に妻となる、親友の妹・清子への恋慕を吐露した恋日記。十六歳の年に書き始められた幻の「恋日記」第一帖ほか、鮮烈で野心的な青年百閒の文学的出発点。
204890-4

各書目の下段の数字はISBNコードです。978－4－12が省略してあります。

お-2-2
レイテ戦記（上） 大岡昇平
太平洋戦争の天王山・レイテ島での死闘を再現し戦争と人間を鋭く追求した戦記文学の金字塔。本巻では「一 第十六師団」から「十三 リモン峠」までを収録。
200132-9

お-2-3
レイテ戦記（中） 大岡昇平
レイテ島での日米両軍の死闘を、厖大な資料を駆使し精細に活写した戦記文学の金字塔。本巻では「十四 軍旗」より「二十五 第六十八旅団」までを収録。
200141-1

お-2-4
レイテ戦記（下） 大岡昇平
レイテ島での死闘を巨視的に活写し、戦争と人間の問題を鎮魂の祈りをこめて描いた戦記文学の金字塔。地名・人名・部隊名索引付。〈解説〉菅野昭正
200152-7

お-2-10
ゴルフ 酒 旅 大岡昇平
獅子文六、石原慎太郎ら文士とのゴルフ、一年におよぶ米欧旅行の見聞……。多忙な作家の執筆の合間には、いつも「ゴルフ、酒、旅」があった。〈解説〉宮田毬栄
206224-5

お-2-11
ミンドロ島ふたたび 大岡昇平
自らの生と死との彷徨の跡。亡き戦友への追慕と鎮魂の情をこめて、詩情ゆたかに戦場の島を描く。『俘虜記』の舞台、ミンドロ、レイテへの旅。〈解説〉湯川 豊
206272-6

お-2-12
大岡昇平 歴史小説集成 大岡昇平
「挙兵」「吉村虎太郎」など長篇『天誅組』に連なる作品群ほか、「高杉晋作」「竜馬殺し」「将門記」など戦争小説としての歴史小説全10編。〈解説〉川村 湊
206352-5

お-41-2
死者の書・身毒丸《しんとくまる》 折口信夫
古墳の闇から復活した大津皇子の魂と藤原郎女との交感を描く名作と「山越しの阿弥陀像の画因」。高安長者伝説から起草した「身毒丸」。〈解説〉川村二郎
203442-6

き-6-3
どくとるマンボウ航海記 北 杜夫
たった六〇〇トンの調査船に乗りこんだ若き精神科医の珍無類の航海記。北杜夫の名を一躍高めたマンボウ・シリーズ第一作。〈解説〉なだいなだ
200056-8

き-6-16
どくとるマンボウ途中下車
北杜夫
旅好きというわけではないのに、旅好きとの誤解からマンボウ氏は旅立つ。そして旅先では必ず何かが起こるのだ。虚実ないまぜ、笑いうずまく快旅行記。
205628-2

き-6-17
どくとるマンボウ医局記
北杜夫
精神科医として勤める中で出逢った、奇妙きてれつな医師たち、奇行に悩みつつも憎めぬ心優しい患者たち。人間観察の目が光るエッセイ集。〈解説〉なだいなだ
205658-9

か-2-3
ピカソはほんまに天才か　文学・映画・絵画…
開高健
ポスター、映画、コマーシャル・フィルム、そして絵画。開高健が一つの時代の類いまれな眼であったことを痛感させるエッセイ42篇。〈解説〉谷沢永一
201813-6

か-30-1
美しさと哀しみと
川端康成
京都を舞台に、日本画家上野音子、その若い弟子けい子、作家大木年雄の綾なす愛の色模様。哀しさの極みに開く官能美の長篇名作。〈解説〉山本健吉
200020-9

か-30-6
伊豆の旅
川端康成
著者の第二の故郷であった伊豆を舞台とする小説と随筆から、代表的な短篇「伊豆の踊子」、随筆「伊豆序説」など、全二十五篇を収録。〈解説〉川端香男里
206197-2

く-20-2
犬
クラフト・エヴィング商會
川端康成／幸田文他
ときに人に寄り添い、あるときは深い印象を残して通り過ぎていった名犬、番犬、野良犬たち。彼らと出会い、心動かされた作家たちの幻の随筆集。
205244-4

あ-84-2
女心についての十篇　耳《みみ》瓔《よう》珞《らく》
安野モヨコ選・画
芥川龍之介／有吉佐和子／円地文子他
わからないなら、触れてみる？　女の胸をかき乱す、淋しさ、愛欲、諦め、悦び——。安野モヨコが愛した、女心のひだを味わう短篇集シリーズ第二弾。
206308-2

し-9-7
三島由紀夫おぼえがき
澁澤龍彥
絶対と相対、生と死、精神と肉体——様々な観念を表裏一体とする激しい二元論に生きた天才三島由紀夫。親しくそして本質的な理解者による論考。
201377-3

各書目の下段の数字はISBNコードです。978－4－12が省略してあります。

た-13-1
富士
武田泰淳
悠揚たる富士に見おろされた精神病院を題材に、人間の狂気と正常の謎にいどみ、深い人間哲学をくりひろげる武田文学の最高傑作。〈解説〉斎藤茂太
200021-6

た-13-3
目まいのする散歩
武田泰淳
近隣への散歩、ソビエトへの散歩が、いつしか時空を超えて読む者の胸中深く入りこみ、生の本質と意味を明かす野間文芸賞受賞作。〈解説〉後藤明生
200534-1

た-13-5
十三妹《シイサンメイ》
武田泰淳
強くて美貌でしっかり者。女賊として名を轟かせた十三妹は、良家の奥方に落ち着いたはずだったが……中国古典に取材した痛快新聞小説。〈解説〉田中芳樹
204020-5

た-13-6
ニセ札つかいの手記　武田泰淳異色短篇集
武田泰淳
表題作のほか「白昼の通り魔」「空間の犯罪」など、独特のユーモアと視覚に支えられた七作を収録。戦後文学の旗手、再発見につながる短篇集。
205683-1

た-13-7
淫女と豪傑　武田泰淳中国小説集
武田泰淳
中国古典への耽溺、大陸風景への深い愛着から生まれた、血と官能に満ちた淫女・豪傑の物語。評論一篇を含む九作を収録。〈解説〉高崎俊夫
205744-9

た-34-4
漂蕩の自由
檀一雄
韓国から台湾へ。リスボンからパリへ。マラケシュで迷路をさまよい、ニューヨークの木賃宿で安酒を流し込む。「老ヒッピー」こと檀一雄による檀流放浪記。
204249-0

の-3-13
戦争童話集
野坂昭如
戦後を放浪しつづける著者が、戦争の悲惨な極限に生まれえた非現実の愛とその終わりを「八月十五日」に集約して描く、万人のための、鎮魂の童話集。
204165-3

の-3-14
妄想老人日記
野坂昭如
どこまでが本当で、どこからが偽りなのか……妄想の場合、虚実の別はない、みな事実なのだ。九八年から九九年の日記という形をとった、究極の「私小説」。
205298-7